REGNE DE LES ESTRELLES
PORTAL DE
PEDRA
RIU CRESP
POBLE DE LES CASES AMB
TEULADES INCLINADES
VALL DELS
ESTELS FUGAÇOS
TAVERNA DE LES
TRES LLUNES

Cròniques del Regne de la Fantasia

8

Textos de Geronimo Stilton
Col·laboració editorial de Luca Azzolini
Coordinació de textos de Sarah Rossi (Atlantyca S.p.A.)
Coordinació editorial de Patrizia Puricelli
Coordinació artística de Tommaso Valsecchi
Il·lustracions internes, sobrecoberta interior i il·lustracions del "Registre de l'Acadèmia dels Cavallers" de Danilo Barozzi
Mapa de Carlotta Casalino
Coberta de Iacopo Bruno
Projecte gràfic de Marta Lorini
*Idea original d'*Elisabetta Dami

Títol original: *La Spada del Destino*
Traducció de Xavier Solsona Brillas

Primera edició: gener del 2014
ISBN: 978-84-9057-330-3
Dipòsit legal: B.26.577-2013
Fotocomposició: Víctor Igual, s.l.
Impressió: Egedsa

Geronimo Stilton

L'ESPASA DEL DESTÍ

Estrella Polar

Personatges principals

FLORDIANA
És la Reina de les Fades.
Amb l'ajuda dels Cavallers
de la Rosa de Plata intenta
mantenir l'harmonia i la pau
al Regne de la Fantasia.

GENERAL AUDAÇ
El coratjós elf que va
derrotar Stria i va fer reviure
l'Illa dels Cavallers,
ara és el General Suprem
del nou orde dels Cavallers
de la Rosa de Plata,
que ell mateix va fundar.

ZORDAN
De cabells rossos i ulls verds,
pertany al poble dels Elfs Viatgers.
És un dels joves cavallers
més prometedors, de caràcter
extravertit i cor generós.
Empunya una Espasa
del Destí de nom Radjosa.

ALENA
És la primera Nimfa dels Boscos que esdevé Cavaller de la Rosa de Plata. Té un caràcter dolç però decidit i, tot i que és menuda i prima, és molt àgil i ràpida amb la tralla. Lluita amb una Espasa del Destí de nom Miratge.

ESPURNA
Pertany al poble dels Nans Grisos. Després d'ajudar Ombrívol a vèncer Stria, s'ha convertit en Maga de Cort al servei de Flordiana.

ALCUIN
Jove Cavaller de la Rosa de Plata, té els cabells negres i uns ulls igualment foscos, sovint tristos. El seu pare és un Elf Estelat, mentre que de la mare no se'n sap res. Lluita amb un Sabre del Destí al qual ha donat el nom de la seva mare, Mistral.

NAMUR
Elf Estelat, és el pare d'Alcuin. Artesà habilíssim, en altres temps havia estat Ferrer de Cort i ara és Mestre Escultor de Cort per als sobirans del Reialme de les Estrelles.

MISTRAL
És la mare d'Alcuin, de qui, però, el jove no en sap res, a banda del nom.

ULLSDOR
Drac blau, des de ben petit l'uneix un vincle indissoluble amb Alcuin.

PETRA
Vella Elfa de la Terra, viu a prop del Llac de l'Estrella Reflexa, al Reialme de les Estrelles. Sap escoltar la veu de l'aire, de l'aigua i del vent i interpretar els senyals del destí en la naturalesa.

SELINA
Jove Elfa de la Nit,
té uns ulls clars que reflecteixen
la seva ànima pura i generosa.
Està decidida a rescatar
el seu poble de la tirania
del Comandant Argo.

ARGO
Elf del Reialme de la Nit
Eterna: temps enrere
havia estat Comandant de
l'Exèrcit de la Fortalesa
de la Lluna, però va
conquerir per la força el
tron d'aquell reialme i en va
sotmetre els habitants.

ATRAX
Minotaure de la Foscor,
té una banya escapçada.
És el capità de les legions
de Minotaures al servei
del Comandant Argo.

El cor d'un heroi és com una estrella:
brilla amb una llum interior
que ni tan sols la foscor més densa
podrà ocultar mai.
I tres estrelles resplendents havien aparegut feia poc
en el vast cel del Regne de la Fantasia:
Alcuin, Alena i Zordan.
Aquests són els noms dels tres joves elfs
que amb lleialtat i valor havien sabut
transformar el Malson en un Somni.
Tres nous Cavallers de la Rosa de Plata,
d'esperit noble i valent,
que havien escrit una pàgina d'or
en la història dels pobles
on vetlla la Reina de les Fades.
Però, com és sabut, la Foscor s'esmuny arreu
com una fina boira.
Conspira a l'ombra.
Xiula en el vent i teixeix la seva teranyina
com una aranya...

Mag Fàbulus, *Cavallers del Regne de la Fantasia*,
introducció al Llibre Segon.

Introducció

Aquesta és una història de temps antics i d'antics secrets, que va emergir de les boires d'un reialme llunyà quan Alcuin, un jove Cavaller de la Rosa de Plata, va decidir descobrir la veritat sobre el seu passat, ple d'enigmes i de misteris.

Justícia.

Valor.

Esperança.

Aquestes tres paraules ressonaven sempre al cap d'Alcuin. La força d'una espasa, ho sabia prou bé, no valia res si no estava guiada per un esperit noble i un cor pur.

Cap a la fi de la seva etapa d'aprenentatge a l'Acadèmia dels Cavallers, Alcuin, juntament amb Alena, una Nimfa dels Boscos, i de Zordan, un Elf Viatger, havia assolit una proesa memorable: havia salvat l'antic Reialme dels Somiadors dels qui volien sotmetre aquelles terres màgiques al Mal més negre, demostrant la seva predisposició total a alliberar el Regne de la Fantasia de la foscor imperant.

Havia estat la primera veritable missió encomanada als tres joves cavallers, una missió plena de perills, contra un enemic desconegut que s'amagava darrere d'una màscara de bronze. Alcuin, Alena i Zordan l'havien pogut derrotar, però, més important encara, havien sabut vèncer els propis dubtes i les pròpies pors, mantenint alhora viva l'esperança.

I, d'aquella aventura, n'havia nascut una gran amistat.

Però, en l'ombra, una nova amenaça es covava com les brases sota la cendra... perquè el Mal és obstinat i no es resigna mai.

Al nord, entre les Muntanyes sense Temps, un terrible perill estava a l'aguait, a punt per propagar-se com un foc devastador per tot el Regne de la Fantasia.

En un reialme llunyà, tancat entre l'Abisme del Capvespre i el Mar de l'Alba, sota la capa d'una terra grisa i polsosa, existia una Ciutat Subterrània que ben pocs coneixien. Allà, milers i milers d'esclaus excavaven nit i dia. Sense descans. Sense esperança.

Buscaven alguna cosa... però quina?

Un objecte mil·lenari, potent i perillós, creat com un instrument de pau, però que, si queia en mans equivocades, estendria una ombra amenaçadora sobre el regne de la reina Flordiana.

Buscaven una espasa: l'Espasa de Cristall.

És hora d'explicar aquesta antiga història, envoltada de misteris. Convé que sapigueu què va passar realment.

Em disposo, doncs, a narrar-vos la història del Reialme de la Nit Eterna. Però sense pressa: perquè els secrets més foscos s'il·luminen d'un en un...

Escolteu, doncs...

Pròleg

La foscor ho embolcallava tot en la seva abraçada opressiva. La majestuosa Fortalesa de la Lluna es retallava entre les ombres de la nit com un massís bloc de cristall negre; al seu interior, ni una sola torxa il·luminava els passadissos i els grans salons de pedra. Era una nit fosca, però no silenciosa: crits i estrèpits ressonaven arreu, intercalats amb el soroll de les espases entrexocant.

La jove nimfa es va aturar a mig fer un pas. Va escoltar uns segons, mirant d'esbrinar la distància que la separava dels seus perseguidors, i aleshores va córrer a amagar-se darrere d'una estàtua. Els seus ulls, molt negres, brillaven en la foscor com brases enceses. Esbufegava i el cor li bategava fort. Amb una mà va estrènyer contra el pit el farcellet que tenia ben protegit sota la capa de pells.

–Que no se'ns acostin, en nom del cel! –va murmurar entre dents–. Que no ens trobin. Ara no...

Un soroll de passos frenètics va ressonar sobre seu, en altres habitacions i en altres passadissos. Els atacants estaven buscant els fugitius per tot l'edifici. I, sobretot, buscaven la seva estimada reina. La nimfa va notar una fiblada al cor: tot el que ella havia fet de bo i just per al seu poble estava a punt d'esborrar-se per sempre.

La nimfa es va estremir, però es va imposar fer el cor fort: no es podia permetre que la descobrissin. Va donar un cop d'ull al farcell que sostenia entre els braços i va tornar a abraçar-lo amb amor: entre els plecs de la roba va treure el cap el rostre adormit d'un nadó, que va obrir els ulls un instant i la va mirar.

–Dorm, petitó –el va tranquil·litzar la nimfa dolçament–. No tinguis por, sóc aquí.

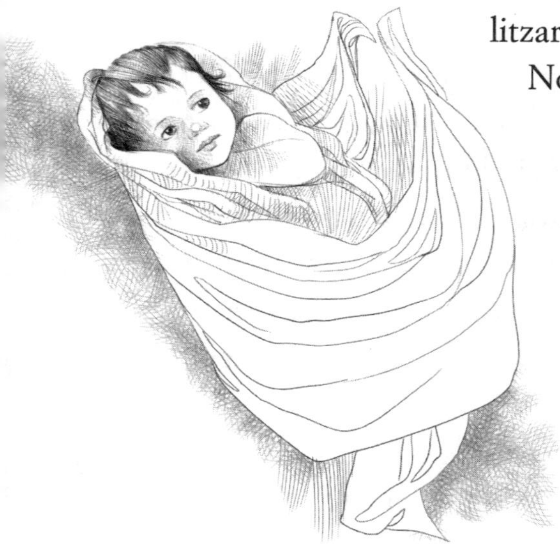

Després de mirar furtivament al seu voltant, va sortir d'aquell amagatall improvisat i va tornar a córrer. Va enfilar un passadís lateral, més fosc que l'anterior. Els seus passos ressonaven lleus com el repic de la pluja contra els vitralls de la fortalesa. Va girar a la dreta i després a l'esquerra, fins que al davant va trobar unes escales que baixaven als soterranis de l'edifici i es perdien en la penombra.

«Un esforç més», es va dir per animar-se, mirant de no ensopegar. Quedava ben poc...

Els crits es van fer més llunyans.

Les espases ja no xocaven.

Ara estava sola.

La nimfa només es va aturar quan va arribar a una àmplia habitació amb un terra de pedra negra, brillant com un mirall. Unes columnes d'obsidiana imponents, esculpides amb formes de dracs, emmarcaven petites fornícules adossades a les parets. L'espai era buit, tret d'alguns brasers que emetien aquí i allà febles resplendors daurades.

Al fons de l'estança es retallava una vella portalada de pedra.

La nimfa va mirar tot al voltant, perduda.

–Que... que hi ha algú? –va murmurar amb veu tremolosa. Ho va repetir, encara més fort:– Que hi ha algú?

–Mistral, sóc aquí...

La nimfa va tenir un sobresalt. Quan es va girar va veure una figura menuda i ranquejant, embolicada en una llarga capa blanca, que sorgia de l'ombra d'una fornícula. De la caputxa sobresortien manyocs de cabells grisos.

–Petra? –va murmurar Mistral, afinant la vista–. Ets tu?

–Sóc jo, amiga meva...

Les dues companyes es van abraçar amb afecte.

–Oh, Petra! –va exclamar Mistral, sospirant alleujada–. Em pensava que t'haurien empresonat. Estava molt espantada. Em feia por que no vinguessis...

–No hi ha temps per a explicacions, Mistral –la va incitar la seva amiga, amb la veu esverada–. De pressa, hem de marxar! No podem esperar més. El Portal de Pedra és la nostra única escapatòria!

En sentir aquelles paraules, però, l'expressió de la nimfa es va tornar greu.

–No, espera't. Jo no puc venir...

L'altra la va mirar amb els ulls esbatanats.

–Què dius, Mistral? Ens hem d'escapar d'aquí abans que sigui massa tard! Què faràs, si et quedes aquí?

La nimfa va moure el cap cap als costats, decidida. Va desfer els nusos de la capa i amb les mans que li tremolaven va deixar el seu fill als braços de l'altra dona.

–Jo no vindré, Petra. Te n'hauràs de cuidar i endurte'l tu –va murmurar, amb veu amarada de tristesa–. Jo no us seguiré: vaig fer un jurament i l'he de respectar. Però vosaltres heu de fugir tan lluny com pugueu...

–On anirem sense tu, Mistral? –va exclamar Petra, incrèdula, estrenyent al pit el petit, que dormia un son tranquil.

–Porta'l al seu pare –va respondre Mistral–. Viu al Reialme de les Estrelles. Ell sabrà què fer. I agafa aquest... –va dir mentre es treia de la capa un antic pergamí rebregat–. És un mapa que et guiarà per les galeries que serpentegen sota la Fortalesa de la Lluna.

–Però no et puc deixar... Jo no...

De sobte, el fragor de la batalla va retrunyir ben a prop: crits roncs, passos confusos, espases entrexocant. Veus que cridaven altres veus.

Ara, centenars de passos ja ressonaven als soterranis i semblaven dirigir-se cap a l'estança del Portal de Pedra.

–No hi ha temps, amiga meva! –va exclamar sobresaltada Mistral–. Vés! Corre! I no miris enrere!

Els crits dels enemics van tapar els últims consells de la nimfa. Mistral es va quedar mirant Petra mentre aquesta fugia amb el farcellet entre els braços. Després, quan va desaparèixer de la vista, va tancar els ulls, es va posar les mans al pit i va murmurar:

–Fuig, petitó meu. Almenys salva't tu...

Al cap d'un moment, la foscor va caure damunt la Fortalesa de la Lluna. En el silenci que va seguir, només es van poder sentir els batecs accelerats del cor de la nimfa.

Divuit llargs anys van transcórrer des d'aquell dia...

PRIMERA PART

SECRETS ANTICS

1
Retorn a casa

Mira, Ullsdor! –va exclamar Alcuin, radiant, indicant a l'amic drac el paisatge que s'entreveia sota seu, entre flocs de núvols de formes estranyes i curioses.

–Ja gairebé hi som, ho veus? Ja som a casa!

Amb els cabells foscos despentinats per la brisa de bon matí i els ulls negres que brillaven a la llum del sol naixent, el jove cavaller no va poder evitar somriure.

Set llargs, llarguíssims anys: el temps que havia transcorregut des que havia deixat la seva terra d'origen. El Reialme de les Estrelles es desplegava sota seu com la més bella de les visions. Era exactament com la recordava.

El cor d'Alcuin va començar a bategar més fort.

–Per fi hem arribat a casa...

Ullsdor va fer un llarg xiulet. Ell també estava content. Percebia l'excitació del seu cavaller, i la carícia del vent càlid de l'estiu el feia sentir lliure com feia temps que no s'hi sentia. Va obrir encara més les seves ales enormes i va planar, lleuger.

–Mira! –va tornar a exclamar Alcuin, fregant el coll del seu drac blau–. Aquella és la Vall dels Estels Fugaços, la veus, Ullsdor? I allà baix hi ha la Taverna de les Tres Llunes... No m'ho puc creure! Tot està com sempre: set anys... i no ha canviat res!

L'elf va aguditzar la vista, duent-se una mà al front per protegir els ulls dels rajos del sol. A la llunyania, la llum daurada de l'alba embolcallava les majestuoses torres de la Cort d'Auriestrella, que es retallava en tota la seva magnificència contra els alts pics de pedra negra de les Muntanyes de la Falç Platejada: una apoteosi d'elegants pinacles, vitralls de colors i jardins de flors oloroses es va anar dibuixant a poc a poc a l'horitzó.

De petit, amb el seu pare sovint havia anat a la cort, i la riquesa i la bellesa d'aquell indret màgic sempre l'enlluernava. El seu pare era un ferrer excel·lent que des de feia anys, amb passió i dedicació, elaborava armes, elms i armadures finament cisellades. La seva feina gaudia de tant reconeixement que, abans de néixer el seu fill, ja l'havien nomenat Ferrer de Cort.

Alcuin va bellugar el cap, emocionat, recordant quan

era un noiet de només onze anys que mirava les armadures del seu pare com si fossin joies i somiava un futur com a cavaller.

Aquell període de la seva vida li semblava molt llunyà, amb tantes coses com havien passat entretant. Primer de tot, malgrat que encara li costava fer-se'n a la idea, ara havia esdevingut un *veritable* cavaller. Un Cavaller de la Rosa de Plata! Alcuin va tornar a recordar el seu llarg aprenentatge a l'Acadèmia fundada per Ombrívol, el valerós elf que havia derrotat la Reina de les Bruixes i que ara era per a tothom el General Audaç. Allà havia après no només a saber manejar les armes, sinó sobretot a combatre les pròpies pors com es combat un enemic de carn i ossos, i a fiar-se dels seus companys. Perquè ser un veritable cavaller, repetia sempre Audaç, no tan sols significava demostrar el propi valor, sinó posar-lo al servei dels altres amb lleialtat i confiança recíproques.

Així, juntament amb dos joves cavallers com ell, Zordan, del poble dels Elfs Viatgers, i Alena, Nimfa dels Boscos, Alcuin havia afrontat la seva primera gran missió: havia derrotat el pèrfid Kadavor i frenat l'avanç implacable dels Bandits del Mar, i havia permès, doncs, que l'Illa Errant dels Somiadors despertés del son encantat en què havia viscut durant segles. I, finalment, com a reconeixement, ell i els seus amics havien rebut l'objecte més anhelat de tot cavaller...

Alcuin va passar la mà pel flanc, on el seu magnífic Sabre del Destí brillava com un raig de sol: aquest era el regal que la Somiadora Haires li havia fet per agrair la seva valentia i dedicació. Creada amb els fragments de l'antic sabre del jove, forjat set anys abans pel seu pare, l'arma penjava del seu cinturó per recordar-li que tot això era real.

El jove va tancar els ulls un moment i va abraçar el coll flexible d'Ullsdor. Què diria el seu pare, d'ell? En sabia res, de la seva proesa? Com el rebria?

–Només podré passar una setmana amb el meu pare –va sospirar.

Aquesta era la durada del permís que li havien concedit a ell i als seus dos companys d'aventures. *Set dies de tranquil·litat que podreu passar amb els vostres estimats. Us els mereixeu!*, havien estat les paraules amb què el

General Audaç els havia acomiadat abans de marxar cap als seus reialmes respectius.

En recordar allò, una estranya sensació es va apoderar d'Alcuin. Era una barreja d'alegria i d'inquietud.

Com un pressentiment...

Ullsdor va volar damunt les extensions frondoses de la Vall dels Estels Fugaços, fins que sota seu va aparèixer un poblet envoltat de camps conreats. Les cases s'adossaven les unes a les altres com si volguessin mantenir així l'escalfor en les nits d'hivern. Eren simples habitatges de fusta i pedres llises amb teulades punxegudes. Sorgien al voltant d'una placeta de terra amb un bonic pou de marbre blanc al mig, just al costat de la Soca de les Moltes Parles, on els rondallaires més famosos de tots els reialmes es desafiaven a cants i rimes durant la Festa del Pic de la Primavera.

Certament, res comparable amb la Ciutadella dels Cavallers, amb les seves vastes places empedrades, els seus mosaics i les fonts que brollaven esplèndides, però Alcuin conservava dins del cor el record del seu poble com un tresor preciós, i només de veure'l li va procurar una fonda sensació de serenitat.

–Aquell és el Poble de les Cases amb Teulades Inclinades! –va exclamar, mostrant a Ullsdor un punt on poder aterrar–. Baixem, amic meu!

No va caldre repetir-l'hi dues vegades. El drac blau, amb un rugit d'entusiasme, va girar i va començar a descendir, i malgrat la seva grandària descomunal va tocar terra amb una elegància extrema, amb prou feines si va aixecar un nuvolet de pols. Aleshores va plegar les ales i va ajudar Alcuin a descavalcar, amb un delicat moviment de l'esquena.

De seguida una multitud encuriosida va sortir de les

cases: no passava cada dia, que un drac blau sobrevolés el poble! I amb un cavaller al llom encara menys!

Els habitants del poblet estaven tan sorpresos que Alcuin no va poder evitar somriure, satisfet. S'hi acostaven amb cautela, amb una barreja de perplexitat i desconfiança, mantenint una distància prudencial. Sabien que un Cavaller de la Rosa de Plata era un defensor de la pau i de la justícia al Regne de la Fantasia, però tret de les escasses visites de Spica i Ombrívol, no estaven acostumats a rebre'n cap, i es mostraven insegurs sobre com comportar-se davant de personatges tan importants.

–Tu... tu ets...

Alcuin es va tombar i va veure com se li acostava una jove Elfa Estelada, amb un somriure que apuntava al seu rostre afable. Tenia una llarga cabellera rossa amb trenes i els ulls de color blau safir. Semblava indecisa: se'l mirava com si n'hagués reconegut les faccions però no estigués del tot segura que fos ell.

–Tu ets... *Alcuin*! –va exclamar finalment, il·luminant-se.

El jove cavaller va somriure, assentint. La resta d'elfs també van fer rotllana al seu voltant, incrèduls.

–Alcuin? De debò?

–És ell!

–Sí!

–El fill de Namur, el ferrer?

–Amb un drac blau?

–Benvingut! Benvingut!

Aviat la plaça del Poble de les Cases amb Teulades Inclinades es va omplir d'una alegre xerrameca. Tothom rivalitzava per donar la mà al jove, a qui feia anys que no veien. Vells amics, coneguts, simples curiosos que n'havien sentit a parlar...

Enmig d'aquell mar d'abraçades caloroses, Alcuin reia, una mica cohibit. Aquella rebuda superava de bon tros qualsevol expectativa que hagués tingut.

–El meu noi! –va dir de sobte una veu profunda, que es va deixar sentir per sobre de les altres–. Obriu pas! Deixeu-me que jo també el vegi!

Dos braços musculosos i robustos com troncs van agafar Alcuin per les espatlles.

–Pare! –va exclamar el jove, quan va poder desfer-se d'aquella abraçada asfixiant.

Namur va riure emocionat i el va abraçar encara més fort, com si tingués por que se li escapés un altre cop.

–Deixa'm que et miri bé, fill meu! –va dir després, separant-se'n i repassant-lo amb la mirada de dalt a baix. S'havia fet molt gran! I quin aspecte tan fort i decidit que tenia!– Sí que has crescut! Estàs fet un xicotàs! Però continues sent el meu Alcuin.

El vell Elf Estelat tenia els cabells curts i blancs, un bigoti poderós del mateix color i uns intensos ulls blaus que il·luminaven la seva cara rodona.

Les galtes envermellides del sol i també de córrer, els braços ferrenys, la panxa prominent, les cames sòlides com columnes: sí, va pensar Alcuin, continuava sent el mateix de sempre... tret d'alguns cabells menys i d'alguns sacsons més!

El jove elf no podia ser més feliç: en aquells set anys

d'allunyament, l'enyorança de casa seva i el desig de tornar a veure el seu pare no havien abandonat mai el seu cor, malgrat els èxits i les victòries, i finalment aquell dia, per primera vegada des de feia molt temps, les ombres que entelaven la seva mirada es van esvair.

Només hi havia una cosa, però...

2
NAMUR

El sol del matí inundava de llum el camí que conduïa a la casa de Namur. El petit habitatge, adjacent a la farga, sorgia als límits del Poble de les Cases amb Teulades Inclinades, poc abans d'un pontet de fusta que franquejava les aigües cristal·lines del Riu Cresp. Des d'allà, en només mitja jornada de viatge, es podia arribar a la Cort d'Auriestrella.

Alcuin va seguir el seu pare tan bon punt es va poder desfer de les abraçades i encaixades de mans dels seus paisans.

–No t'esperaves una rebuda així, oi? –va intuir el vell ferrer.

–No –va admetre Alcuin, absort–. Després de tant de temps, no. Tot és tan...

–Increïble?

–Sí.

Namur va assentir, orgullós, amb els ulls que li brillaven d'alegria.

–Les històries de les teves gestes, fill meu, han arribat fins aquí! –va exclamar amb la seva veu cavernosa–. Ah, hauries d'haver vist quan va córrer la notícia, quin dia, fillet! No podia sortir de casa que a cada moment em paraven per preguntar per tu o per felicitar-me! Fins i tot vaig rebre una carta de la Cort d'Auriestrella!

Alcuin va somriure, rememorant tot el que havia passat aquells anys: el cansament, l'esforç, els moments tristos... Ara tot quedava recompensat, i les dificultats, vençudes i superades.

I de dificultats n'hi havia hagut tantes, des del principi d'aquella aventura...

Per a Alcuin no havia estat senzill confessar a Namur que havia decidit no seguir els passos del seu pare i que volia convertir-se en un cavaller.

El ferrer era un elf rialler i comunicatiu, que pel bé del seu fill hauria estat capaç de fer qualsevol cosa, però de vegades també era molt tossut. A més a més, havia consagrat la seva vida a la feina, i la idea d'haver de tancar, més tard o més d'hora, el taller ni tan sols li havia passat mai pel cap. Alcuin era un bon fill, obedient, llest i amb força de voluntat, i Namur sempre havia donat per descomptat que continuaria la tradició familiar.

Però amb tot...

Enmig de molts dubtes i sentiments de culpa, al final Alcuin havia trobat el valor de revelar a Namur la voluntat d'entrar a l'Acadèmia dels Cavallers de la Rosa de Plata, la més prestigiosa de tot el Regne de la Fantasia. Tant de bo no ho hagués fet!

El pare, dolgut i decebut, s'havia atrinxerat durant temps darrere d'un obstinat i inflexible «no».

–Ni parlar-ne! –havia sentenciat, en un to que no admetia rèpliques.

I no hi havia hagut manera de fer-li canviar d'idea durant tot un mes. Les llargues i continuades discussions, els cops de porta, els silencis indignats i els plors desesperats del petit Alcuin semblaven no dur enlloc.

Al final, però, l'amor i el desig de veure feliç el seu fill havien estat més forts i Namur havia donat el consentiment a Alcuin. El jove no va arribar a saber mai què l'havia convençut: no podia saber que ja aleshores, quan parlava dels Cavallers de la Rosa de Plata, els ulls li brillaven amb una llum intensa i especial, que era impossible que algú ignorés, i menys encara el seu pare. Namur havia llegit en la mirada del seu fill la mateixa determinació que en altres temps l'havia empès a ell a voler aprendre l'art de forjar el ferro. Així, dins el seu cor, la desil·lusió havia deixat pas aviat a un sentiment d'orgull i l'esperança que, tard o d'hora, Alcuin coronés també el seu somni.

El jove elf recordava com si fos ahir el dia en què havia marxat cap a l'Acadèmia dels Cavallers.

Dret davant la porta de casa, el seu pare li havia donat un objecte embolicat dins d'una roba negra lligat amb un gran llaç vermell.

–Per a tu –li havia dit, contenint amb esforç l'emoció.

I Alcuin havia desembolicat, amb el cor bategant fort, la seva primera i veritable espasa. Un sabre. El *seu* sabre. L'arma que a partir d'aquell dia l'acompanyaria en molts entrenaments i lluites.

D'altra banda, ara que havia crescut, Alcuin entenia les raons que set anys abans havien empès el pare a insistir perquè no marxés. El camí que volia emprendre era ple de perills i Namur no volia córrer el risc de perdre'l... com ja havia perdut la seva dona.

Namur sempre s'havia mostrat reticent a parlar d'*ella*. Alcuin no sabia per què, però coneixia bé el pare i tenia clar que el motiu no podia ser només el dolor del record. Hi devia haver raons veritablement importants, per no voler revelar la història de la seva dona a ningú. Ni tan sols al seu fill únic.

«Mistral», va pensar Alcuin. Això era l'únic que li havia quedat de la seva mare: un nom. Aquell nom tan bonic que moltes vegades, de nit, havia repetit dintre seu. Instintivament va portar una mà al sabre, que havia anomenat de la mateixa manera.

Mistral.

Ho havia descobert una nit, gairebé per casualitat...

Llavors només tenia nou anys. Era ja avançada la tardor, i ell s'havia despertat sobresaltat perquè havia tingut un malson. De puntetes s'havia acostat a l'habitació del seu pare, sense saber si despertar-lo o no, però s'havia quedat davant la porta: Namur no dormia, com creia, sinó que estava assegut als peus del llit amb uns pergamins estranys, que ell no havia vist mai, entre les mans. I xiuxiuejava aquell nom.

Mistral.

El petit Alcuin s'havia quedat immòbil, en silenci, i

com més passava el temps més es reforçava en el seu esperit la certesa que allò que escoltava era el nom de la seva mare. Des d'aleshores l'havia conservat al cor com un tresor preciós, fins al dia que, no feia pas gaire, havia tornat a emergir de les boires del passat per fer brillar amb llum nova el seu Sabre del Destí...

Alcuin va moure el cap i va sospirar. No era el moment de pensar-hi. Ara volia gaudir de la càlida rebuda del Poble de les Cases amb Teulades Inclinades i del plaer de tornar a ser a casa després de tant temps. Dintre seu, però, sabia una cosa: si havia tornat era també per descobrir la veritat sobre la seva mare. I, quan arribés el moment, en parlaria finalment amb Namur. Aquesta vegada no es faria enrere. Ja no era un nen: era un cavaller, i tenia tot el dret de conèixer la història de la seva família, per més dolorosa que fos. O misteriosa...

Pare i fill caminaven de bracet, a bon pas, sense parlar. Ullsdor els seguia a poca distància. Quan finalment, darrere d'un bosquet d'arbres plens de fruits de colors vius, va aparèixer la casa de l'Elf Estelat, Alcuin va contenir la respiració.

–Casa... –va murmurar, però ho va dir tan fluixet que el seu pare no el va arribar a sentir.

La casa de dues plantes continuava sent la mateixa de sempre. Una gran esplanada de grava molt blanca convidava els qui hi passaven a aturar-se davant del rètol de colors, que grinyolava mogut pel vent. Només era una brisa lleugera, però portava les fragàncies de l'herba acabada de tallar i de flors d'estiu, que Alcuin va respirar a plens pulmons. La seva mirada es va centrar després més enllà del jardí: al recinte dels animals, al fenc fresc que s'assecava al sol, a la teulada de la farga annexa a la casa, a les teules de pissarra blanca i a les finestres de vidres lluents i transparents...

Ullsdor, quiet darrere del jove, li va tocar l'esquena amb el morro.

–Sí, tens raó –va assentir Alcuin, amb la mirada perduda entre els turons de la seva infància–. Tots dos estem cansats del llarg viatge, i jo aquí plantat deixant-me dur pels records!

Namur va somriure i va mirar una mica torbat el drac blau.

–Ehem... ella...

–És *ell* –va puntualitzar el cavaller, acariciant Ullsdor per tranquil·litzar-lo.

El seu pare es va ruboritzar:

–Ah, és clar... doncs ell... on... sí, vaja... normalment on... –Se sentia una mica beneit fent determinades preguntes, però no era cap expert en dracs!

Alcuin de seguida va comprendre el dubte de Namur i es va afanyar a estalviar-li el tràngol:

–No t'amoïnis, pare, a Ullsdor no li cal res en especial –el va calmar–. Aquí fora mateix s'hi trobarà bé, per uns dies. Pot sortir a caçar i ell solet trobarà el menjar que necessita, i amb aquestes nits d'estiu tan precioses, dormir sota les estrelles no serà pas cap problema, oi que no, amic meu?

El drac va emetre un llarg xiulet d'aprovació, i Namur va semblar que es relaxava.

–Molt bé –va comentar–. Entra, doncs. Bé voldràs descansar una mica abans de dinar, no? Ja ho veuràs, tot està exactament com ho vas deixar!

Alguna cosa, però, havia canviat. Alcuin se'n va adonar només passar la porta: al principi va ser tan sols una sensació de desconcert, però de seguida va esbrinar què era el que no encaixava. On havien anat a parar les armes i les armadures forjades pel seu pare?!

El jove va mirar al seu voltant, tot parat, i va donar un

cop d'ull més enllà de la porta de la farga: l'estança tenia un aspecte ben diferent de com la recordava. En altres temps havia estat plena d'armadures, elms, escuts, ganivets, cotes de malles, guants fets amb pell de drac, llances i milers d'objectes més que resplendien a la llum del sol que es filtrava per les finestres.

Sí, la farga encara era al mateix lloc, i un foc crepitant cremava alegre com sempre, però al voltant no hi havia cap arma...

Alcuin va fer alguns passos vacil·lants pel taller. Damunt la gran taula de roure hi havia gerros de totes mides i formes, estatuetes de guix, àmfores de vidre, i fins i tot una escultura en pedraestel, un rar cristall que només es trobava en aquell reialme.

–Però... què ha passat aquí? –va balbucejar, obrint els ulls amb sorpresa–. On han anat a parar les armadures? On són les teves esplèndides espases antigues? Recordo que les tenies ben penjades damunt la xemeneia. Eren allà mateix, però...

–Oh, fill meu, tens raó –el va interrompre Namur–. Que beneit que sóc. Encara no te n'havia dit res, oi?

–De què?

–Bé, la veritat és que tampoc no hi ha gaire a dir –va fer l'home, passant-se una mà pel cap–. Aquests últims

anys he deixat de fabricar armes. Ja en tinc prou amb les cuirasses i amb els elms!

–*Què?!* –Alcuin va fer un bot.

–Ja sóc massa vell per a certes coses –va explicar Namur. Un tel de melancolia va enfosquir els seus brillants ulls blaus.– És temps d'oblidar... –va afegir en un murmuri, dirigint la mirada a terra, avergonyit, com si li volgués amagar alguna cosa.

Alcuin no se'n sabia avenir.

–Estàs de broma, oi?

Namur va riure, però va sonar poc convençut.

–No, és la veritat. He decidit dedicar-me a alguna cosa més... relaxant, per dir-ho d'alguna manera. Ara sóc Mestre Escultor de Cort. La farga encara funciona, com pots veure, però ja no hi fonc més metalls per fer-ne elms i espases. Ara la faig servir per coure la vaixella i modelar el vidre.

Amb grans gambades va travessar la sala, i decidit va agafar l'escultura en pedraestel per ensenyar-la al fill: representava una magnífica sirena amb una llarga cabellera lluent. Era admirable, sens dubte, però Alcuin trobava incomprensible el canvi del seu pare, i sobretot no es creia la seva explicació. Namur sempre havia estimat molt la seva feina de Ferrer de Cort. I a més, què significava això que volia *oblidar*? El què? El passat? Que el seu fill se n'havia anat? O hi havia alguna altra veritat oculta darrere d'aquella decisió que semblava tan poc assenyada?

3
RECORDS DOLOROSOS

El dia va passar tranquil, tot i que els pensaments d'Alcuin no feien més que girar al voltant de les estranyes paraules del seu pare.

Després d'haver dinat i d'ocupar-se d'Ullsdor, el jove elf es va adonar amb sorpresa que el seu primer dia de permís ja arribava a la fi. Aviat el cant de les cigales va omplir l'aire i una brisa agradable va començar a acariciar l'herba dels prats i a fer remorejar les fulles dels arbres.

–No sé si val la pena demanar més explicacions al meu pare –explicava Alcuin al seu amic drac–. Potser les coses són tal com diu.

Ullsdor es va girar i va mirar fixament el seu cavaller: un vincle especial l'unia a Alcuin des que només era un cadell i això li permetia percebre els seus estats d'ànim.

L'elf va sospirar.

–Potser m'equivoco, però conec massa bé el meu pare: m'amaga alguna cosa. Sé que ho fa pel meu bé. Però ara...

El drac blau va acostar el musell d'escames al rostre d'Alcuin, per consolar-lo. L'elf va somriure i va deixar que aquells pensaments amenaçadors s'esvaïssin, enduts per aquell gest afectuós.

–Ja no sóc un noiet –va continuar, de camí cap a casa, mentre els reflexos del capvespre cedien pas a un profund cel blau, clapejat amb els primers estels de la nit–. Sóc un cavaller. Sóc prou fort per acceptar la veritat, sigui quina sigui. I vull compartir amb el meu pare el pes d'allò que l'amoïna.

Alcuin va trobar Namur a la seva farga. Estava obrint un enorme forn per treure la vaixella que acabava de coure. La calor allà dintre era insuportable, i l'aire era sec. L'espai feia olor d'argila, pols i colors al tremp.

–Oh, fill! –es va alegrar el ferrer en veure'l entrar–. Sisplau, posa aquests gerros allà. Però vigila, que cremen.

Era l'oportunitat que Alcuin esperava.

–Recordo quan aquí dins forjaves les teves espases... –va començar, mentre agafava la safata amb els gerros acabats de sortir del forn de coure. De reüll va observar la reacció del seu pare a les seves paraules.

Tot d'una, Namur es va posar seriós.

–Em passava hores mirant-te –va continuar Alcuin–. M'agradava molt, veure't treballar...

Namur es va gratar una templa, com si volgués apartar un pensament desagradable, però Alcuin va seguir impertèrrit furgant en el passat. Costés el que costés, descobriria què era el que preocupava el seu pare. Fins i tot a risc d'haver d'aguantar un dels seus rampells d'ira.

–És una llàstima que no conservis res del que vas fabricar...

–Ah, ves! –va remugar el pare–. Si només eren velles rampoines rovellades!

Alcuin va fer que no amb el cap.

–Les teves magnífiques espases, unes *rampoines*? Deus estar de broma, oi? Encara recordo aquella que vas fabricar per al sobirà del Reialme dels Centaures.

Al vell ferrer, a desgrat seu, se li van il·luminar els ulls, en els quals van tornar a brillar per un moment l'orgull i la passió d'altres temps.

–Oh, sí! Impossible d'oblidar! Tenia l'empunyadura esculpida en un únic bloc de maragda, i la fulla de l'espasa era de plata finíssima. Vaig necessitar tres mesos per acabar-la.

–I l'escut per al príncep del Reialme dels Turons?

Namur va esclatar a riure amb sinceritat.

–Ah, noiet! Quin esforç, fer aquell escut, oi? Estava completament recobert de petites pedres precioses. Recordes quan em va relliscar la bosseta on les guardava i es van escampar per tota la casa?

Alcuin també va riure.

–Ens vam passar tota la nit recollint-les!

Namur tenia llàgrimes als ulls de tant riure. Es va eixugar la cara amb el davantal i va intentar calmar-se.

«Ara o mai», es va dir Alcuin.

–I aquest, quan el vas fabricar? –va preguntar, desenfundant el seu sabre.

El seu pare va fer uns ulls com unes taronges.

–Però si...

–Sí, ho és –va confirmar Alcuin–. És cert que ara és

ben diferent de com el devies recordar, però realment és el *teu* sabre. El que em vas regalar el dia que vaig marxar cap a l'Illa dels Cavallers.

Namur es va acostar, titubejant, amb la mirada clavada damunt la seva espasa. Era la seva, no hi havia dubte, però com havia canviat! Era mil vegades més bonica i semblava mil vegades més resistent. La fulla brillava a la llum de les flames que provenien del forn encara obert i que feien destacar l'elegant empunyadura en forma d'ales de drac.

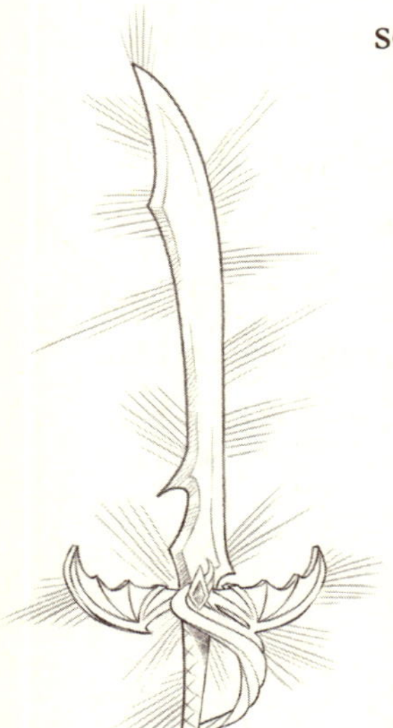

L'Elf Estelat va allargar una mà i Alcuin va deixar que agafés el sabre.

–És increïble, és molt lleugera –va comentar el seu pare, impressionat–. Està molt ben compensada.

–I a més és indestructible –va afegir Alcuin.

Namur se'n feia creus.

–Però com l'has transformat així?

Alcuin va explicar al pare la història dels Somiadors, constructors de les llegendàries Espases del Destí. Li va explicar la seva missió en aquell reialme llunyà i li va parlar de la Somiadora Haires i del seu germà Yoria. I va acabar dient-li que havia estat precisament Haires qui havia transformat el seu vell sabre com a agraïment per haver ajudat el seu poble.

–És magnífic! –va sentenciar Namur.

–Sí, i l'he anomenat... *Mistral* –va murmurar Alcuin.

L'expressió del seu pare es va transformar de cop. L'Elf Estelat va estrafer la cara en una ganyota de dolor. El Sabre del Destí se li va escapar de les mans i va caure a terra amb un soroll sec.

–Què... has dit? –va murmurar tremolant, amb el rostre vermell–. On has sentit aquest nom?!

Alcuin no es va deixar intimidar pel to imperiós del ferrer.

–Era el nom de la meva mare, oi?

Namur es va aixecar i se'l va quedar mirant de fit a fit amb els ulls esbatanats, com si estigués a punt d'esclatar. Però aleshores, intentant reprimir la ràbia, va tornar cap al forn de coure encara obert i va enfornar alguns gerros i ceràmiques, sense afegir res més.

–No tens res a dir? –es va sorprendre Alcuin. S'ho hauria esperat tot menys aquella reacció de calma gens natural.

–No –va xiuxiuejar el seu pare, gèlid, girat d'esquena seu.

Aleshores, el jove elf va reaccionar:

–Tinc el dret a saber-ho! –va exclamar acalorat, amb els punys tancats. Es va ajupir, va recollir el sabre de terra i se'l va quedar mirant. Estava confós: al pit se li amuntegaven emocions contraposades.– Era el nom de la meva mare, sí o no? Al capdavall... sóc el seu fill! Per què no me n'has parlat mai? Per què totes les vegades que t'he preguntat per ella sempre has canviat d'expressió? Què m'amagues? No és just que...

Un soroll de trencadissa va interrompre les seves paraules: Namur havia deixat caure la safata dintre el forn, i milers d'espurnes van sortir disparades per totes bandes. Es va girar cap a Alcuin: tenia la cara transformada per la ràbia, però els ulls traspuaven un patiment profund.

–Noi –va esclatar, agitant el seu ditot ple de durícies–, són coses que no vull pas recordar! Tu no les pots entendre!

Alcuin volia replicar, però Namur no li va deixar temps. Va passar pel seu costat sense mirar-lo i va sortir a corre-cuita de la farga. Va pujar amb passos feixucs les escales que duien al pis de dalt, i al cap d'un moment es va sentir un fort cop de porta.

En un primer moment, Alcuin va ser incapaç de reaccionar, però després una immensa decepció va envair el seu cor i aleshores va sortir corrents i es va allunyar de casa. Va saltar a la gropa d'Ullsdor i li va demanar de sortir a volar, abans que una llàgrima llisqués dels seus ulls.

Ningú no es va adonar que una brasa ardent havia caigut a prop de la pila de llenya que alimentava la farga.

El cel estava cobert d'estrelles. Una lluna plena ben rodona es retallava contra el negre de la nit damunt les Muntanyes de la Falç Platejada.

Alcuin seia desconsolat a la Vall dels Estels Fugaços. De tant en tant, quan alçava la vista, veia un estel que dibuixava un rastre platejat al cel. Amb el dors de la mà es va eixugar una llàgrima i, per enèsima vegada des que s'havia refugiat en aquell lloc després de discutir amb el seu pare, va expressar un desig.

Era el mateix, sempre: *vull conèixer la meva mare*.

El jove va sospirar resignat i, tancant els ulls, es va recolzar contra Ullsdor.

Per alleujar la tristesa del seu cavaller, el drac blau va aixecar al cel els seus ulls grocs i va començar a cantar a la lluna. Alcuin no sabia que els dracs blaus cantessin en els moments tristos, i ho va trobar fantàstic.

Durant una estona va contemplar en silenci els estels al costat d'Ullsdor. Aleshores va trobar les paraules i en la foscor silenciosa de la vall va ressonar la seva veu.

–Et sembla que m'he equivocat? Em temo que sí...

El drac blau el va envoltar amb el seu llarg coll sinuós, per tranquil·litzar-lo.

–M'hauria d'haver imaginat que el meu pare reaccionaria així. Hauria d'haver esperat un moment més oportú, ja veus en quin embolic m'he ficat ara! Creus que em perdonarà?

Va sospirar. Aquesta vegada l'havia feta grossa.

–Era... *és* el que més desitjo, Ullsdor. Saber coses de la meva mare. I mira ara... –Però no va acabar la frase: alguna cosa li va cridar l'atenció.

Alcuin es va espantar: l'horitzó, en la direcció al Poble de les Cases amb Teulades Inclinades, estava solcat per un vermell lluminós.

«Un incendi!», va pensar el jove, que de cop es va quedar pàl·lid. I semblava haver-se declarat ben a prop de casa seva!

–Oh, no! Pare! –va gemir.

4
Al cor de les flames

Quan Alcuin, dalt d'Ullsdor, va arribar al lloc on s'havia declarat l'incendi es va adonar amb un salt al cor que no s'havia equivocat: era la farga del seu pare! El foc projectava ben amunt els seus serpentejants braços ardents, disposats a aferrar tot el que trobessin.

Els animals s'agitaven espantats als seus recintes; els arbres més propers a la casa ja tenien les capçades marcides i els troncs ennegrits deixaven anar un fum dens. Tot al voltant, els camps eren un mar d'espurnes i brases incandescents, que un vent maligne empenyia amb força cap a la resta del poble.

A lloms d'Ullsdor, Alcuin va sobrevolar la casa molts cops: el foc havia arrasat el sostre, i les poques bigues que quedaven dretes deixaven entreveure l'interior dels habitatges.

–Pare! –va cridar, intentant passar per damunt de l'eixordadora crepitació de l'incendi–. On ets?

Ullsdor es mantenia a mitja altura per permetre a Alcuin poder mirar dins de la farga. El drac blau havia de fer un gran esforç per mantenir-se en equilibri: fer front als corrents d'aire, al fum negre i a les flames que xiulaven sota seu era realment complicat.

–El veus, Ullsdor? –va preguntar Alcuin, aguditzant la vista i tossint per culpa d'aquell aire irrespirable.

Sota seu ressonaven els crits dels habitants del Poble de les Cases amb Teulades Inclinades, que corrien a ajudar amb cubells plens d'aigua extreta del pou del poble. Però no servia de gaire. La gent estava espantada: a les cares totes pàl·lides es reflectia la por que l'incendi destruís el poble sencer.

Alcuin va sobrevolar un cop més la casa: no hi havia rastre del seu pare. El jove estava al límit de les seves forces; l'escalfor que pujava era sufocant, el fum li enterbolia la visió i li impedia respirar bé. Ullsdor també començava a mostrar els primers símptomes de debilitat.

«No, això no pot acabar així!», va pensar Alcuin amb un nus a la gola. Les últimes paraules que havia dirigit al seu pare havien estat tan carregades de ràbia que ara no podia evitar sentir-se culpable. Qui sap com havia patit per decidir tancar les portes al passat amb aquella determinació! Qui sap quin dolor li causava el record de la seva dona!

–Baixa una mica més, Ullsdor! –va implorar el jove.

El drac va dubtar. Sabia que era un risc enorme per a tots dos, però va decidir fiar-se del seu cavaller. Va volar planant fins a tenir les flames a un pam de la seva llarga cua blava. La casa estava pràcticament sota seu, sense teulada.

–No hi és! No hi és! –Els ulls d'Alcuin anaven frenètics d'una habitació a l'altra.– No el veig per enlloc!

A la farga, les estàtues i la vaixella de Namur jeien a terra, esmicolades i envoltades de flames que impedien amb el seu fort espetarrec percebre cap més so.

De sobte, alguna cosa va cridar l'atenció de l'elf. Al mig de la farga, a prop de la gran taula de fusta de roure, va entreveure una silueta que es movia. Al seu cor es va tornar a encendre l'esperança.

–Escolta'm bé, Ullsdor –va cridar l'elf–. Ajuda els habitants del poble, intenta encerclar el foc tant com puguis, d'acord?

Una ràfega de vent va empènyer cap a ell un remolí de fum i el jove va estossegar.

–Excava una rasa que aturi el foc. I tira terra sobre la casa. M'has entès?

Ullsdor semblava astorat: què pretenia fer, el seu cavaller? Per què li deia tot allò?

De cop i volta, Alcuin va deixar de subjectar-se al coll del drac i, fent un salt, es va llançar al buit.

–Pareee! –va cridar, mentre es precipitava cap a la casa.

Després, l'abraçada de les flames el va amagar a la vista d'Ullsdor.

Havia saltat al cor de l'incendi.

–Pare! –L'impacte violent contra el terra va esmorteir el crit d'Alcuin.

El jove es va quedar sense respiració durant alguns segons, però tot seguit, amb un esforç increïble, es va tornar a aixecar. Al seu voltant, altes llengües de foc van arribar a tocar l'embigat: en qüestió de moments l'edifici s'esfondraria.

–Pare?!

–Fill!

No s'havia equivocat! Al mig de l'habitació, a prop de la gran taula de roure, va veure Namur d'esquena entre enderrocs i fragments de fusta. El foc cada cop era més a prop.

–Surt d'aquí immediatament, és perillós! –va retrunyir la veu poderosa del ferrer.

–Ni pensar-hi!

–Vés-te'n!

–No, no et deixaré aquí!

–Fes-me cas, Alcuin! –va suplicar novament el seu pare.

Però el jove cavaller el va ignorar i es va llançar cap a la taula, mirant d'esquivar els enderrocs que queien de dalt i tractant de no ensopegar amb les bigues esfondrades, que amb prou feines distingia pel fum que li feia llagrimejar els ulls.

–Ja gairebé hi sóc...

–Vigila, fill! –va tossir Namur, portant-se una mà a la boca–. És massa perillós!

–Me'n sortiré, confia en mi! Sóc un Cavaller de la Rosa de Plata! I sóc el teu fill! No t'abandonaré aquí sota!

La calor era insuportable. El jove va pensar que es desmaiaria allà mateix si no sortien ràpidament.

Amb un salt àgil es va plantar al costat del seu pare i només aleshores es va adonar, amb horror, que tenia una cama esclafada per una gran biga caiguda del sostre.

Molt esverat, va començar a buscar una solució. Va treure el Sabre del Destí i el va ficar entre la cama de Namur i la biga. Aleshores va fer força. Però el tronc no es movia ni un mil·límetre.

–Alcuin, vés-te'n!

–Jo... –va esbufegar l'elf– ho... aconseguiré! –va cridar amb tot l'alè que tenia a la gola, mentre la feixuga biga rodolava–. Ara agafa'm la mà! –va cridar el jove al seu pare.

Aferrant-s'hi, Namur se'n va poder desfer i es va aixecar.

Però Alcuin va veure aviat que era incapaç de caminar sol: un llarg tall li travessava la cama i sagnava abundantment.

–Afanyem-nos, de pressa! Hem de sortir d'aquí abans no s'enfonsi tot! –va cridar, aguantant el seu pare per les espatlles.

Tots dos es van arrossegar amb molt d'esforç cap a l'entrada, avançant amb compte i mirant el sostre per evitar que alguna biga a punt d'enfonsar-se els caigués a sobre.

Quan van ser davant la massissa porta de fusta esculpida, Alcuin la va obrir d'un cop de peu.

Una ràfega de vent calent i fum els va envestir.

Ho havien aconseguit.

S'havien salvat.

L'incendi no es va poder controlar fins al cap d'una hora, gràcies sobretot a l'ajuda de l'incansable Ullsdor, que havia excavat una rasa al voltant de la casa, llançat grava i terra damunt les flames i no havia parat de carregar cubells d'aigua al pou del poble i llançar-los sobre el foc.

Alcuin es va quedar donant un cop de mà als habitants del poble fins que l'última espurna no es va haver apagat. Només aleshores va córrer a veure el guaridor del poble, que ara cuidava el seu pare.

Va trobar Namur ajagut en un llit: el rostre ennegrit pel fum contrastava estranyament amb el coixí tan blanc. L'Elf Estelat tenia el poblat bigoti ros socarrimat, però per la resta el vell ferrer es trobava bé. Li havien embenat amb cura la ferida a la cama i ja no li sagnava.

–S'ha acabat el perill –li va xiuxiuejar Alcuin acostant-se-li–. L'incendi està controlat.

El seu pare li va fer un lleu somriure, però de seguida va abaixar la mirada.

–He estat un beneit, fill meu. No hauria d'haver perdut els nervis d'aquella manera...

–No importa, ja ha passat.

–No. M'he equivocat, Alcuin. Continuava veient en tu aquell noiet que va marxar per fer realitat un somni i no el cavaller en què mentrestant t'has convertit. –Va sospirar i tot seguit va continuar:– En aquests anys he fet de tot per oblidar el passat, i ha estat el meu pitjor error. Em sentia tan sol... i cada cosa, cada objecte, cada gest que feia em recordava els dies que havíem passat junts. Tenia por d'haver-te perdut per sempre, noiet. Em podràs perdonar?

–No calia ni que m'ho preguntessis! –va dir Alcuin mentre es llançava entre els seus braços, reprimint amb dificultat les llàgrimes.

Namur va començar aleshores a riure i a tossir de l'emoció. Tot seguit, desfent-se delicadament de l'abraçada del seu fill, va afegir:

–Hi ha una cosa que et vull ensenyar, Alcuin... L'he salvat de les flames. Ho he fet perquè sabia que et devia una explicació. –D'una butxaca interior de la jaqueta va extreure un llibret de fulls mig estripats i ennegrits.– Crec que ha arribat el moment que el llegeixis. Bé, n'estic segur. Per desgràcia no he aconseguit salvar gaires coses més de l'incendi, però tot el que busques ho trobaràs en aquestes pàgines, fill meu... Té, vinga.

Alcuin va agafar el llibret amb la mà tremolosa. Va abaixar els ulls i a la primera pàgina va llegir unes paraules, escrites en una cal·ligrafia clara i polida:

NAMUR – QUADERN DE VIATGE

Al Reialme de la Nit Eterna

Insegur, va girar full, però es va aturar a mig gest.

Al full següent hi havia un dibuix fet amb llapis. Un petit retrat traçat ràpidament i difuminat a les vores. Representava una nimfa de llargs cabells negres, cara delicada i ulls negres com gemmes d'obsidiana. Duia un

vestit elegant, refinat, amb una forma estranya que ell no havia vist mai abans.

Però Alcuin no es va fixar en això, sinó que es va aturar en el rostre agradable i somrient de la nimfa, perquè era idèntic al seu. I aleshores hi va caure.

Estava mirant, per primera vegada a la seva vida, el rostre de la seva mare.

5
Mistral

La mirada d'Alcuin es va entretenir una bona estona en aquella cara somrient, contemplant-ne atentament tots els detalls: el negre profund dels ulls, la intensitat del somriure, la lluentor dels cabells negres, l'elegància del seu aspecte.

Es va estar així força temps, immòbil, assegut als peus del llit de Namur amb el llibret entre les mans. Només quan va ser capaç d'apartar la mirada de la seva mare va girar la pàgina i va començar a llegir:

4t dia del mes dels Estels Bruns
El viatge ha estat més pesat del que preveia. O potser sóc jo que, acostant-me a l'última etapa, em comença a pesar el cansament? Ara ja fa... quants? Vuit mesos, crec. Sí, vuit llargs mesos que recorro de dalt a baix el Regne de la Fantasia.

N'he vist molts, de llocs estranys i reialmes llunyans. N'he travessat molts, de mars i llacs, de muntanyes i pla-

nures. I tot per la curiositat d'estudiar les armes que es fabriquen a cada racó del Regne de la Fantasia. Però he de confessar que, arribats a aquest punt, començo a sentir el desig de tornar a casa. Fa dues nits vaig somiar amb el Reialme de les Estrelles, i em va venir una gran enyorança... però no podia renunciar a aquest darrer viatge.

Es diu que al Reialme de la Nit Eterna hi ha una de les espases més boniques que s'han fet mai a totes les terres on regna la nostra estimada reina Flordiana, i jo la vull veure!

Així que, ànims, Namur: només queda un últim esforç! Fa bon temps, tot i que en aquest reialme un té la sensació que la foscor sempre està a l'aguait, que els núvols feixucs i amenaçadors no desapareixen mai del cel.

Alcuin es va girar a mirar el seu pare.

–L'has escrit tu? –va preguntar.

Namur va assentir.

–És el meu antic quadern de viatge. Una mena de diari on, de jove, anotava pensaments, descrivia llocs i fets curiosos que em passaven, dibuixava allò que veia... i les persones que coneixia –va acabar amb un murmuri.

Alcuin va tornar a submergir-se en la lectura.

5è dia del mes dels Estels Bruns
La Fortalesa de la Lluna és d'una bellesa que treu la respiració. Si la mires des de l'exterior sembla un immens bloc de cristall negre que emergeix de la roca fosca de les Muntanyes sense Temps. Té forma octagonal, i en cadascun dels vuit costats s'obren magnífiques finestres amb arcs que de nit projecten una llum encantada sobre les aigües fosques i profundes del llac que hi ha als peus del castell. L'anomenen La Clepsidra per aquesta forma tan estranya.

Al bell mig de la fortalesa s'aixeca el Niu del Sol: una torre construïda en pur cristall blanc, d'una alçària increïble, que apunta al cel.

Allà hi ha la sala del tron, on la reina Aura m'ha rebut en arribar, davant de tota la cort. Crec que m'he posat vermell quan m'ha donat la benvinguda i els ulls de tothom s'han centrat en mi, i estic segur que m'he posat de tots colors quan ha lloat la meva feina com a Ferrer de Cort «famosa a tot el Regne de la Fantasia»! Ha fet servir aquestes mateixes paraules!

La reina m'ha assegurat que aviat tindré l'oportunitat de veure l'espasa de què tant es parla. Estic tan impacient!

Però ara prou d'escriure. El viatge ha estat realment llarg i estic rebentat. Demà m'espera un dia important!

Alcuin va veure que al final de la pàgina hi havia un altre esbós fet amb llapis: representava una sala enorme, abarrotada de persones que miraven amb atenció i curiositat un jove elf de bigoti ros. El cavaller va somriure en reconèixer el seu pare.

Va girar full, però amb gran decepció es va adonar que faltaven algunes pàgines.

–L'incendi, fill –va explicar Namur, que l'observava anhelant, intentant captar qualsevol expressió del seu rostre–. He salvat el que he pogut. Però continua llegint...

15è dia del mes dels Estels Bruns
Avui m'ha passat una cosa inesperada. Inesperada i meravellosa, hauria de dir.

El Reialme de la Nit Eterna és un lloc realment fascinant, però aquest matí, quan m'he despertat, dintre meu he sentit que era hora de tornar a casa. Sóc aquí des de fa deu dies i el ferrer de la reina Aura, Valentí, m'ha ensenyat tot el que volia veure, conèixer i saber. Pensava que ja no hi havia cap més motiu per quedar-m'hi.

Però més tard ha passat una cosa.

Jo passejava per un dels jardins interiors de la Fortalesa de la Lluna en companyia de Valentí quan els batents d'un portal de plata cisellat s'han obert de bat a bat i ha aparegut la reina Aura en persona, en companyia de les seves quatre Dames de Cort. Jo, però, embrancat en una conversa encesa amb el meu amic ferrer, ni tan sols les he vist i he xocat amb una d'elles. Quina vergonya! De seguida m'he disculpat, he aixecat la mirada i... màgia!

Era preciosa. Era la més jove i la més graciosa de les quatre dames. M'he quedat tan embadalit pel seu somriure, que tots els papers que tenia a la mà m'han caigut a terra de l'emoció. Sapastre de mi, no n'encerto mai ni una! En fi, no cal dir que totes s'han posat a riure, però no m'importava, perquè en aquell moment he sentit la seva veu. «Deixa'm que t'ajudi», m'ha dit, ajupint-se a recollir els fulls. «Em dic Mistral».

28è dia del mes dels Estels Bruns
Cada cop tinc menys temps per escriure en el meu quadern de viatge. Però per una bona raó! Així que puc, de fet, busco esgarrapar temps per estar sol amb Mistral. És tan... No sóc capaç de trobar les paraules! Tan «tot»! Radiant! Alegre! Divertida! No penso en res més, ni tan sols en la meva feina.

D'aquí a poc sortirem a passejar i voldria fer-li un retrat, sempre que ella hi estigui d'acord. Un rostre extraordinari com el seu mereix ser immortalitzat per a l'eternitat.

Sóc molt feliç!

5è dia del mes dels Estels Carmesins

No sé què dir. Ni tampoc què fer. Sento tanta tristesa... Els sobirans de la Cort d'Auriestrella m'han reclamat a palau. He de tornar a casa: em volen al Reialme de les Estrelles.

Però no tinc cap ganes de marxar: la idea de deixar Mistral m'angoixa. Estarem tan lluny, i passarà tant de temps abans que ens puguem tornar a veure... Només sé que pensaré cada dia en ella, i que ella, n'estic segur, m'esperarà.

Però ja no em puc quedar més al Regne de la Nit Eterna: sóc el Ferrer de Cort, he de complir el meu deure. Sabia que tard o d'hora arribaria aquest dia, però hauria volgut que fos més endavant. No pas avui...

Alcuin va girar pàgina tot esperant continuar llegint, però només va trobar un parell de dibuixos i algun esbós amb llapis. La història de Namur i Mistral semblava haver-se interromput aquell dia llunyà.

–Què... –va intentar dir, però les paraules se li van quedar a la gola. Es va escurar el coll i va tornar a començar:– Què va passar després?

Namur es va quedar callat un moment. Tot seguit, fregant-se les mans endurides, va sospirar profundament i va començar a parlar:

–Vaig marxar. Vaig tornar a casa, tot i que amb el cor inundat de tristesa. Tenia feina, aquí al Reialme de les Estrelles. I Mistral també... Bé, ella era una Dama de Cort, i no podia seguir-me com li hauria agradat.

–I doncs?

–Ens vam separar –va dir a poc a poc el ferrer, com si aquelles paraules li cremessin als llavis–. Ens vam prometre que ens veuríem tan aviat com fos possible, però aleshores va esclatar la guerra contra Stria i les seves bruixes. La por es va estendre arreu. Molts Portals de les Fades, que unien els diversos reialmes, es van tancar, i viatjar ja no va ser possible. Jo em vaig quedar confinat aquí, i la teva mare al Reialme de la Nit Eterna, i durant molts mesos no en vaig saber res. Més endavant...

–Més endavant vaig néixer jo, oi? –va preguntar Alcuin.

–Sí, vas néixer al Reialme de la Nit Eterna, al cap de nou mesos d'haver marxat. Jo aleshores no sospitava que tenia un fill. No em podia posar en contacte de cap manera amb Mistral, i tot plegat em feia embogir de dolor.

–I com vaig arribar aquí?

–Una nit, una elfa embolcallada en una capa blanca va trucar a la porta de la meva farga. Era molt vella, i estava enfredorida i cansada. Em va dir que tenia una cosa per a mi. –Namur va aixecar els ulls i els va fixar en els del seu fill.– Eres *tu*. Eres només un nadó, però hauries d'haver sentit com xisclaves de gana! –El ferrer va esbossar un somriure trist.

–I qui era aquella elfa? Per què jo estava amb ella? I què li va passar a la mare?

–Es deia Petra. Havia fugit del Reialme de la Nit Eterna, perquè, em va confessar, estaven passant coses terribles.

–Coses... *terribles*?

–No em va revelar res més, em va dir que Mistral volia que fos així, per al bé de tots. Et va deixar entre els meus braços i se'n va anar. Però va afegir que, si tu un dia volies parlar amb ella, només l'havies d'anar a

veure: es quedaria en aquest reialme i t'esperaria per explicar-t'ho tot de la teva mare.

Alcuin va intentar encaixar una mica les peces.

–Vols dir que ella... és *aquí*? Petra viu al Poble de les Cases amb Teulades Inclinades? –va preguntar inquiet.

–No, al poble no. No volia que la gent li fes massa preguntes.

–Llavors on?

–Viu a la vora del Llac de l'Estrella Reflexa, en contacte amb la naturalesa no contaminada d'aquells indrets. Jo no l'he anat a veure mai, tot i que he estat temptat de fer-ho, perquè sabia que aquesta tasca només et corresponia a *tu*, fill. O sigui que, si creus que ha arribat el moment, ets lliure de marxar. Ella encara és allà. I t'està esperant.

Exhaust, amb el cap que li feia mal de tantes preguntes, Alcuin va sortir de la casa del ferrer.

Era negra nit. Només el cant dels grills trencava aquell silenci. En l'aire, entre olors de resina i herba segada, planava encara la pudor acre de l'incendi.

Ullsdor dormia tranquil·lament en un camp a prop de

la casa, molt cansat després d'haver ajudat a controlar les flames. Alcuin se'l va mirar, agraït, i just aleshores va sentir que dins seu prenia forma una decisió que canviaria la resta de la seva vida.

L'endemà marxaria cap al Llac de l'Estrella Reflexa.

6
La sàvia Petra

L'endemà, Alcuin es va aixecar de bon matí. En realitat gairebé no havia aclucat l'ull: havia dormit inquiet al costat del llit del seu pare, però ben aviat els pensaments que s'amuntegaven a la seva ment l'havien desvetllat.

Malgrat el cansament, estava més decidit que mai: arribaria al Llac de l'Estrella Reflexa i finalment aclariria una part del seu passat. El passat de la seva mare. El que li havia succeït durant tots aquells anys i la raó per la qual l'havia abandonat i l'havia deixat a càrrec d'aquella elfa misteriosa.

Però trobar Petra no seria pas fàcil. El Llac de l'Estrella Reflexa estava envoltat d'un costat per un bosc impenetrable i de l'altre per un desert immens que s'endinsava fins gairebé els vessants de les Muntanyes de la Falç Platejada. Si volia tenir ni que fos una mínima esperança de trobar-la en aquelles extensions inacabables havia de sortir de seguida.

Alcuin es va girar a observar el seu pare: dormia tranquil, si bé respirava amb certa dificultat.

Va decidir no despertar-lo. De puntetes va recollir les seves coses, les va ficar en una bossa i va sortir de la casa del ferrer sense que ningú se n'adonés.

Ullsdor, cargolat a l'herba mullada de rosada, en sentir que la porta es tancava va obrir un dels seus enormes ulls grocs.

–És hora de marxar, amic meu. Ens espera un viatge que no estava previst –li va anunciar Alcuin.

La claror de l'alba il·luminava el Poble de les Cases amb Teulades Inclinades i projectava grans ombres negres sobre la plaça central, al voltant del pou de marbre blanc.

–No sé si és el millor, Ullsdor. Però sé que ho he de fer. Em faràs costat?

Per tota resposta, el drac blau es va aixecar i va obrir les ales. Estava preparat! No calien paraules entre ells dos: Ullsdor es va limitar a ajupir-se per permetre que Alcuin pugés a la seva gropa.

–Gràcies, amic meu –va murmurar ell, agraït–. Sense tu no sabria què fer.

Van sobrevolar moltes hores el Desert del Vent, i per primer cop Alcuin va entendre per què s'anomenava així: un corrent càlid bufava des del Pas dels Núvols Pàl·lids fins gairebé el Poble de les Cases amb Teulades Inclinades, escombrant implacable aquelles extensions deshabitades. Al principi va ser només una brisa lleugera, fins i tot agradable, però a mesura que s'acostaven a la Casa Vella, al desert, un antic edifici ara ja en ruïnes, el vent va començar a bufar amb més força. Les dunes sota seu canviaven de forma a una velocitat impressionant i fins i tot volar es va fer difícil, per la quantitat de sorra que es barrejava amb els núvols.

Després, finalment, un centelleig a l'horitzó.

–Ullsdor! –va exclamar Alcuin, fregant el coll del drac per cridar-ne l'atenció–. Hem d'anar a la dreta. El veus? El Llac de l'Estrella Reflexa és per allà! –i va indicar amb el braç estirat una fina franja platejada: el reflex de l'aigua acariciada pel sol.

Ullsdor va girar, deixant que el vent es concentrés en les seves grans ales, similars a veles blaves, i els dugués cap a aquella direcció. Sota seu, el desert va donar pas a una estepa d'herba recremada pel sol, que arribava fins a les ribes occidentals del llac, estranyament buides comparades amb l'exuberant bosc que cobria l'altra vora. Ja era migdia, gairebé.

–Deu ser aquí, en alguna banda –va murmurar Alcuin, observant el paisatge sota seu–. El meu pare m'ha dit que Petra va escollir viure en contacte amb la naturalesa... Potser en l'espessor del bosc?

Ullsdor va planar sobre el llac. Aquell dia les aigües calmes semblaven un mirall. Mirant avall, Alcuin va veure el propi reflex i el del seu drac blau. Estaven sobrevolant el punt en què el Riu Cresp desembocava al llac. De cop, una cosa brillant va cridar l'atenció del jove. Estava molt lluny: probablement a la riba oposada.

–Allà, Ullsdor! –va exclamar.

Alguna cosa refulgia al fons del verd intens del boscatge. Una llum que semblava cridar-lo.

–Donem un cop d'ull allà baix –va dir.

No van trigar gaire: les poderoses ales d'Ullsdor solcaven el cel amb una rapidesa impressionant i aviat van arribar fins a l'estranya llum a l'altra vora del llac. Un cop allà, Alcuin es va quedar garratibat.

Sota seu s'estenia una platja molt llarga, recoberta de grava brillant i de petxines de formes, colors i dimensions diferents, que brillaven com fragments d'un mirall.

Van aterrar, i Alcuin va baixar de seguida del seu drac blau. Les onades del llac trencaven en un lent clapoteig contra la riba, però no hi havia temps per admirar aquella platja tan bonica i fascinant.

Davant seu, just al límit del bosc, es perfilava un graciós edifici de nacre blanc i rosa, que brillava feblement amb els rajos del sol: semblava una gran petxina que s'enroscava en espiral cap al cel. L'entrada, coberta amb una cortina de pells, semblava esperar l'arribada d'algú des de feia molts, moltíssims anys.

Tot d'una, la cortina es va moure i una silueta hi va treure el cap.

Alcuin es va espantar i, instintivament, es va portar una mà al sabre. Però de seguida la va apartar. De la casa acabava de sortir una elfa vella i prima de mirada riallera! Tenia els cabells blancs recollits en un monyo i dos ulls eixerits de color avellana.

La misteriosa elfa, gens intimidada pel cavaller i el seu drac, va fer un signe de benvinguda amb la seva mà arrugada. Vestia una llarga túnica feta de retalls de roba de diferents colors, i un xal blau damunt les espatlles corbades. Es recolzava en un bastó de fusta i al coll duia desenes de collarets de formes i mides variades.

Va acostar-se ranquejant a Alcuin, i quan el va tenir al davant, un somriure sincer li va il·luminar el rostre, dibuixant-li petites arrugues al voltant dels ulls.

–T'esperava –el va saludar amb una veueta aguda i dolça al mateix temps.

–Tu ets...? –va començar Alcuin, torbat.

L'elfa va riure sincera.

–Si has arribat fins aquí, imagino que deus saber bé qui sóc; encara més, crec que em busques precisament a mi. Sí, sóc Petra, fill meu.

A poc a poc es va girar i va convidar el cavaller a seguir-la. Alcuin no va dubtar ni un moment: un gran i misteriós poder semblava emanar d'aquella figura menuda, que transmetia, però, un sentiment de familiaritat i seguretat. Observant-la, el jove es va preguntar perplex com podia ser que aquella elfa d'aparença tan fràgil i delicada hagués estat capaç de salvar-lo del perill des del Reialme de la Nit Eterna.

–Jove Alcuin –va murmurar Petra, apartant la cortina de l'entrada–, no t'escarrassis intentant entendre com vaig aconseguir escapar-me amb tu. Aviat tindràs totes les respostes que busques.

–Però... com saps que...?

–La naturalesa ens parla, noi, i ens parla de nosaltres mateixos si tenim la paciència d'escoltar-la. Al llarg de la meva llarga vida he après a recollir els pensaments que suren al vent, veure les pors que es reflecteixen a l'aigua, percebre els presagis que corren sota terra i llegir en les flames el futur del Regne de la Fantasia.

Una vegada a dins de la casa-petxina, la velleta es va ajeure sobre uns grans i tous coixins a la vora de la llar de foc.

Alcuin es va quedar dret, mirant al seu voltant. La casa era modesta però molt acollidora, i feia una intensa olor d'herba, mel i fusta. Hi havia rams de flors per assecar penjant del sostre, una caldera que bullia al foc, un mirall amb el marc platejat, una estoreta al costat del llit i una quantitat increïble d'objectes polsegosos, llibres, ampolles, i també plantes i flors de colors virolats.

Petra va somriure.

–Passa i seu, noiet, no siguis tímid.

Alcuin li va fer cas i es va asseure davant de l'elfa creuant les cames. Estava una mica tens. I confós, també.

–Vols alguna cosa per beure? –va preguntar Petra–. Deus estar cansat del llarg viatge. He preparat alguna cosa mentre esperava que arribessis.

–O sigui que sabies que vindria avui? –es va sorprendre Alcuin, agafant la gerra de sidra que Petra li allargava. Però ell mateix es va respondre:– Perdona, m'oblidava que saps reconèixer els senyals del destí en la naturalesa. Aleshores... –va continuar titubejant–, també saps que sóc aquí per preguntar-te sobre la meva mare?

Petra el va mirar intensament.

–Sé molt més que això, noi, molt més. Però val més que t'ho expliqui tot des del principi, no et sembla?

7
La veu del Bé

Finalment, Alcuin es va relaxar, mentre Petra començava a relatar-li la seva llarga història.

–Imagino que abans que res voldràs saber coses sobre la teva mare –va fer l'elfa, amb un to de veu amable–. Mistral era una Nimfa de l'Aire: una jove de bellesa incomparable, d'esperit noble i amable. Juntament amb mi, que sóc una Elfa de la Terra, i d'altres dues elegides, era la Dama de Cort de la reina Aura, senyora del Reialme de la Nit Eterna.

–Sí, ho he llegit al quadern de viatge del meu pare. Però què feia exactament una Dama de Cort?

–Érem les amigues més íntimes de la reina. Si tenia un dubte, Aura ens demanava consell a nosaltres; si volia el consol d'una amiga, ens venia a veure. La teva mare, potser perquè era la més jove, o potser perquè tenia un esperit més pur, era la dama més propera a la reina. Tan propera que s'ho explicaven tot, com si fossin germanes. –Petra va beure un glop de sidra, perdent-se en aquells records llunyans.– I n'hi havia moltes, de coses a explicar. Saps, el Reialme de la Nit Eterna era un regne difícil de governar.

–Per quina raó?

–Bé, és molt al nord, als confins del Regne de la Fantasia. Allà la naturalesa és hostil i sempre bufa un vent molt gèlid.

Mentre tornava a evocar aquells llocs, els ulls de Petra brillaven d'enyorança.

–En aquell reialme, als pics de les Muntanyes sense Temps, s'erigeix una antiga fortalesa de cristall negre, la Fortalesa de la Lluna, al mig de la qual s'aixeca una torre de pàl·lid cristall lluent, el Niu del Sol. Des d'allà, cada dia, els sobirans del Reialme de la Nit Eterna portaven la llum sobre les seves terres, empunyant una espasa màgica que es transmetia de generació en generació: l'Espasa de Cristall.

Alcuin va esbatanar els ulls, sorprès.

–M'estàs dient que, si no, en aquell reialme sempre seria fosc? A qualsevol hora del dia i de la nit?

–Exactament.

–I l'única manera per portar la llum era fent servir l'Espasa de Cristall?

Petra va somriure.

–Ho has entès la mar de bé, noiet. Però fixa-t'hi bé: no et parlo d'una senzilla espasa de les moltes que hi ha en circulació. Aquesta és especial: des de sempre, tots els dracs del Regne de la Fantasia obeeixen aquell o aquella que l'empunya, perquè hi reconeixen un senyal de puresa d'esperit. O almenys així va ser durant segles... –Va sospirar.– Però encara hi ha més.

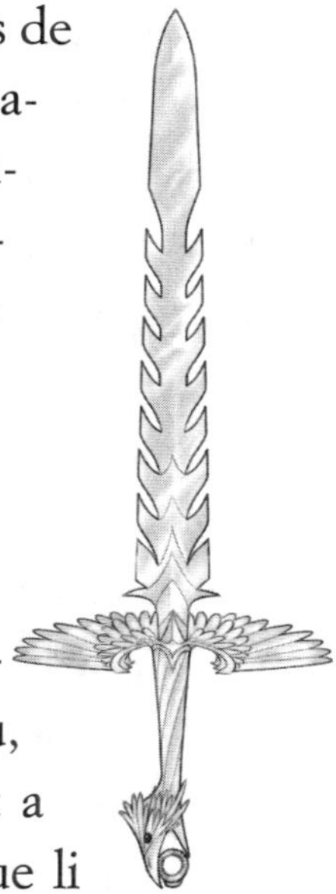

–Què vols dir?

–Has de saber que aquella espasa, a més de comandar els dracs i brillar com un fragment de sol capaç de portar la llum arreu, tenia un objecte antic i misteriós encastat a l'empunyadura: allò era precisament el que li donava *tot* el poder!

–Quin objecte? De què estàs parlant? –va preguntar Alcuin, cada cop més impacient.

–D'un dels llegendaris Anells de Llum –va dir fluixet Petra, tant, que el jove va pensar que no ho havia entès bé.

Alcuin es va quedar mirant fixament l'empunyadura amb una expressió de perplexitat. Els Anells de Llum eren els objectes màgics més potents del Regne de la

Fantasia, forjats feia moltíssimes eres com a instrument de pau entre els pobles i confiats en custòdia a tots els reialmes del Regne de la Fantasia. Una gran part d'aquests, però, es van perdre. Era tan fort el seu poder que fins i tot la cruel Reina de les Bruixes, Stria, havia intentat apoderar-se'n de totes les maneres possibles. Però això havia passat molts, molts anys abans.

–I què li va passar, a aquella espasa? –va preguntar Alcuin, de sobte amb la gola seca.

–Durant segles –va continuar l'elfa–, gràcies a la màgia de l'Espasa de Cristall, el rei i les reines del Reialme de la Nit Eterna van donar al seu poble la llum que fa germinar les plantes i escalfa tot ésser vivent. Però ara fa divuit anys, Argo, el Comandant dels Exèrcits de palau, va trencar una pau que feia segles que durava.

Una ombra va enfosquir la mirada afable de Petra.

–Era el germà petit de la reina Aura i en dirigia els exèrcits. Era un Elf de la Nit jove i fort, dotat d'un gran magnetisme, i molts quedaven embadalits per la seva personalitat. Ningú, però, sospitava pas el que faria...

–Va robar l'Espasa de Cristall?

–Oh, no, va fer una cosa molt pitjor, noiet –va sospirar l'Elfa de la Terra, fent que no amb el cap–. Per afany de poder va revoltar els seus exèrcits de Minotaures de la Foscor per destronar la seva germana Aura. Una nit ens van despertar els crits i els xiscles: la batalla s'havia lliurat dins mateix de la Fortalesa de la Lluna. Durant tres dies i tres nits nosaltres, els fidels a la reina, vam intentar resistir, però no érem prou forts per aturar les escomeses. De manera que, abans de donar la vida en defensa del seu poble estimat, amb un últim i desesperat gest, la dolça Aura va amagar l'Espasa de Cristall.

–A fi que el seu germà no la pogués posar al servei dels seus plans sinistres... –va dir Alcuin.

–Exactament. La va enterrar en un lloc secret que només ella coneix: sota la Fortalesa de la Lluna, en una de les mil coves i galeries que s'obren a les entranyes de les Muntanyes sense Temps.

–I Argo?

–Argo estava furiós! –va gemegar Petra–. No suportava la idea d'haver fracassat. Tenia el cor ple de ràbia! Mentre m'escapava d'aquell reialme, sentia els relats dels pocs Elfs de la Nit encara lliures, que buscaven refugi a les muntanyes: deien que el Comandant estava esclavitzant els habitants del reialme i els obligava a buscar la màgica Espasa de Cristall. Encara sento els seus gemecs al vent: divuit anys després, encara són allà baix excavant sense treva...

–La meva mare també hi és? –Alcuin va empassar-se la saliva, mentre una sensació de malestar barrejat amb ràbia s'apoderava d'ell. La seva mare també era una *esclava*? Presonera d'un monstre que l'obligava a excavar?

–L'última nit abans de la desfeta, la teva mare i jo vam quedar de veure'ns en una sala subterrània –va continuar Petra–. Em va suplicar que m'escapés i que et portés... a casa del teu pare. Ell ho entendria.

–I què va passar, amb la meva mare?

–Mistral no em va seguir. Em va dir que havia fet una promesa i que no se'n podia anar. No he sabut mai quina mena de jurament era o a qui l'hi havia fet. Només sé que es va quedar a la Fortalesa de la Lluna.

–Així doncs, encara és viva...

–Espero que sí –va murmurar Petra, que es va quedar escoltant el vent–. Bé, vaja, *sé* que és així. Si Mistral ja no fos entre nosaltres, el vent, la terra, l'aigua i el foc m'ho haurien revelat.

Amb una esgarrifança, Alcuin va sentir que Petra estava dient la veritat: Mistral encara era viva.

Van acabar de beure la sidra en un silenci absolut. L'elf sentia el cor oprimit per un garbuix d'emocions i pensaments difícils de destriar: saber que la seva mare encara era viva en un reialme assolat per la guerra l'havia trasbalsat. Què havia de fer? Ho havia de dir al seu pare? O potser valia més demanar consell a Audaç i als seus amics Alena i Zordan? Ho entendrien, però?

–Estimat Alcuin –la veu de Petra va interrompre els seus raonaments–, els teus pensaments estan omplint el vent de veus i de murmuris oposats... Has d'esbrinar què vol *de debò* el teu cor.

Alcuin va sentir un nus a l'estómac: potser ni tan sols ell ho sabia amb certesa.

–Jo... tot és tan estrany... i confús... No ho sé.

–No és cert –el va contradir Petra, en un to amable–.

Tots ho sabem, sempre. Només que, de vegades, no ho volem admetre perquè la veritat ens espanta. El que descobrim dins nostre ens pot fer por.

Alcuin va abaixar els ulls i es va mirar les mans, tremoloses. El centelleig del seu Sabre del Destí, que ell mateix havia anomenat Mistral, el Cor del Coratge, li va cridar l'atenció... i de sobte ho va entendre. Va notar dintre seu que la veritat sortia a la superfície. El seu cor valent li estava parlant.

–He de marxar –va murmurar, sentint que les paraules sortien espontànies dels seus llavis–. Ho he de fer ara. De seguida. No puc perdre temps: la meva mare està en perill. Però...

–Però ets un Cavaller de la Rosa de Plata –va concloure per ell la sàvia Elfa de la Terra.

–Em queden pocs dies, Petra. Després hauré de tornar a l'Acadèmia dels Cavallers. Què passarà si veuen que no torno? Què pensaran de mi? Vaig fer un jurament... Però la meva mare corre perill! –va exclamar abatut.

Petra es va aixecar i es va acostar coixejant a Alcuin.

–Ho sé, noi, ho sé –el va consolar–. Han passat divuit llargs anys, però el dolor és el mateix de sempre. Jo també el sento.

–He de marxar –va repetir Alcuin, aquesta vegada més decidit–. Precisament perquè sóc un cavaller he de saber discernir què és just i què no ho és. I sé que, volent marxar, actuo correctament.

En el rostre arrugat de Petra es va dibuixar un somriure de plena confiança, i el jove es va refermar en la convicció que havia pres la millor decisió.

–Sí, estimat Alcuin, actues correctament. Jo també ho sé, com sabia que aquest era el teu destí –el va tranquil·litzar l'elfa, sense deixar de somriure.

Aleshores es va acostar a un bagul de fusta a prop de l'entrada, que Alcuin no havia vist fins aquell moment.

–Sabia que prendries la decisió encertada. Aquí hi ha tot el que necessites per al viatge. Ho he preparat aquestes darreres setmanes mentre esperava que arribessis.

Alcuin va observar el bagul. Contenia tota mena de coses: roba diversa, armes, cordes, estris... Tot el necessari per a una missió en un reialme llunyà i inhòspit.

–No sé com agrair-t'ho, Petra.

–No m'ho has d'agrair. Per a mi ets com un fill... o millor encara, com un nét! –va riure la vella elfa–. Però espera't. Encara hi ha una altra cosa que t'he de donar abans no marxis. Me la va donar la teva mare quan vaig fugir amb tu, un nadó als meus braços, i que va ser la meva i la teva salvació. Et serà d'utilitat.

D'una butxaca del seu estrafolari vestit de múltiples colors, l'elfa va treure un antic full de paper gastat i rebregat. Tenia les vores gastades i estripades, i un munt de taques d'aigua i de cendres.

El va donar a Alcuin.

–És un mapa! –va exclamar el cavaller.

–Sí –va assentir l'elfa–, és el mapa de les galeries que passen per sota les Muntanyes sense Temps i que condueixen a la Fortalesa de la Lluna. Però vés amb compte, Alcuin. Segueix sempre la via traçada en vermell, que indica el recorregut més curt per sortir o entrar a la Fortalesa. No te n'allunyis mai: hi ha coses, sota terra, que han de continuar sumides en el seu son sense temps. No les despertis, o es perdrà qualsevol esperança per a nosaltres...

Als ulls de Petra, Alcuin va descobrir ombres misterioses i terrorífiques. No va dir res, va assentir i prou. Va plegar el mapa amb cura i el va deixar en un lloc segur.

Amb menys temps del que preveia va carregar damunt d'Ullsdor les bosses i els sarrons.

Petra va explicar al jove cavaller el camí més curt per arribar al Reialme de la Nit Eterna. El sol ja estava alt i encara faltaven algunes hores perquè es pongués el sol: si marxava aviat podria fer un bon tram de camí.

–Quant temps vas trigar del Reialme de la Nit Eterna al de les Estrelles? –va preguntar Alcuin, mentre comprovava els arreus d'Ullsdor.

–Prop d'un mes i mig –va respondre Petra amb tota tranquil·litat.

–*Un mes i mig?!* –va exclamar l'elf, girant-se de cop.

–Dia amunt, dia avall, sí. Però jo anava a peu, sola, amb un nadó que necessitava atencions. Tu i el teu drac blau, que és una de les criatures més ràpides del Regne de la Fantasia, no hauríeu de trigar més de cinc o sis dies.

Alcuin es va adonar que eren els dies que li quedaven de permís... No tornaria a temps a l'Acadèmia. Potser havia d'avisar Audaç, el seu general? La imatge de la seva mare amb cadenes invocant el seu nom, però, va allunyar qualsevol altre pensament.

–Ara vés-te'n, jove cavaller meu –el va acomiadar l'elfa, llegint-li els pensaments–. Allibera el teu cor de l'ombra. Deixa que s'ompli de llum: porta-la amb tu i segueix-la sempre. Esperaré amb il·lusió la teva tornada.

Alcuin li va donar les gràcies per tot, va saltar damunt d'Ullsdor i va arrencar a volar per esvair les ombres que enfosquien el seu passat.

SEGONA PART

EL REIALME DE LA NIT ETERNA

8
Volant en la foscor

Ullsdor va volar sense parar nit i dia. La resistència dels dracs blaus era llegendària. Alcuin ho sabia, però tot i així en va quedar impressionat. El seu amic, fidel company de mil i un vols, solcava el blau del cel amb una lleugeresa inigualable. Es llançava entre els núvols tempestuosos sense que ni llamps ni trons, que de vegades empaitava, l'espantessin.

Sota seu anaven passant paisatges increïbles. Planúries daurades, turonets recoberts de flors, mars d'aigües blaves i verdes, d'un morat suau. Cingles negres com el carbó o glaceres tan blanques que brillaven com diamants. Deserts, estepes, rius, arxipèlags de corall i boscos inhòspits. I després ciutats majestuoses i poblets, castells imponents i antigues ruïnes oblidades feia temps.

De tant en tant decidien aterrar per descansar, mirant de no cridar gaire l'atenció: per això escollien els llocs més solitaris: platges desertes de sorres vellutades com la seda, boscos impenetrables o prats dels quals no es veia el final.

A banda del mapa de la seva mare, Petra també havia donat a Alcuin un petit però detallat mapa del Regne de la Fantasia que li estava resultant molt útil. El jove va travessar un reialme rere l'altre fins que al seu voltant va començar a caure una nit cada cop més fonda.

Al principi, la cosa no el va preocupar: com era natural, a mesura que avançava cap al nord, les hores de llum disminuïen i les tenebres s'apoderaven dels dies. Però va arribar un moment en què la nit va ser completa i negra, on ni tan sols un raig de sol va acolorir el cel de blau.

–Ja hi hauríem de ser, pràcticament –va dir Alcuin, abraçant-se més al coll d'Ullsdor–. La foscor està pertot arreu, tal com em va explicar Petra. És un cel sense estrelles i sense lluna. De dia no surt mai el sol i aquests núvols enormes davant nostre no se'n van. Semblen aturats aquí, cristal·litzats al cel.

Els seus sentits es van acostumar a poc a poc a la foscor i es van aguditzar, preparats per percebre qualsevol ombra, qualsevol silueta en la nit, qualsevol soroll insòlit.

–Mira, Ullsdor! –va exclamar de cop i volta l'elf. Un grup de núvols s'havia obert tot d'una sota seu, i com del no-res van deixar al descobert les muntanyes més majestuoses que hagués vist mai. Devien ser les Muntanyes sense Temps, va pensar l'elf, i va entendre per què s'anomenaven així: aquells cims imponents, embolcallats per la boira, semblaven ser allà des de sempre, similars a gegantins monstres de pedra adormits.

L'aire es va fer de sobte més fred i punyent. Una estranya olor de pluja glaçada va arribar a Alcuin, i un vent suau va començar a bufar des del nord.

–Quins paisatges tan meravellosos... –va murmurar l'elf, refent-se de l'admiració que li provocaven. Era a casa. El lloc on havia nascut feia divuit anys: el Reialme de la Nit Eterna... Un reialme en guerra i sofrent, es va dir mentre el cor li feia un salt.– Anem amb compte, Ullsdor. De moment amaguem-nos aquí enmig dels núvols.

Alcuin es va posar una mà a la butxaca interna de la seva capa de viatge, on guardava el vell mapa rebregat que la seva mare havia donat a Petra.

–Aviat et veuré, mare. Sóc aquí! Vinc a alliberar-te.

Després, els núvols es van tornar a empassar el drac blau i el seu cavaller.

Van descendir. Alcuin i Ullsdor es van capbussar en la densa boira que envoltava les Muntanyes sense Temps, i quan van tornar a emergir de sota aquell vel de calitja, van veure una àmplia vall amb arbres curiosament blancs: eren blancs els estilitzats troncs esquelètics, d'una blancor una mica opaca, gairebé perlada, i també eren blanques les fulles, punxegudes com agulles de pi, igual que les grans flors de pètals en forma de gotes. Però el més extraordinari de tot era que aquelles flors emanaven una estranya luminescència que arribava a aclarir el cel.

–No havia vist mai res semblant, i tu? –va exclamar Alcuin.

Ullsdor va moure el cap en un mut «no», sorprès com el seu cavaller amb aquelles plantes espectrals.

–Semblen vells fantasmes que intenten retenir el record d'un passat que ja no existeix, de la llum que les il·luminava en altres temps... Espera't només un moment, vull comprovar on som.

Ullsdor va afluixar la marxa, mentre Alcuin treia el petit mapa que li havia regalat Petra.

–El Bosc de la Mitja Lluna –va murmurar al cap de poc, i va mirar sota seu.

Efectivament, el bosc tenia una estranya forma de falç i, des de dalt, el color blanc dels arbres feia que semblés una grossa mitja lluna enmig de la negror de les Muntanyes sense Temps. Estudiant el mapa, Alcuin va deduir que no gaire lluny d'allà hi havia d'haver un llac.

–Llacblanc –va llegir en veu alta sense pensar-hi, mentre les paraules es condensaven en l'aire fred formant nuvolets blancs–. Ullsdor, hem de tornar enrere: ens estem allunyant dels cims més alts de les Muntanyes sense Temps, on es troba la Reixa, l'entrada a les galeries subterrànies. Hauria de ser a prop del naixement del Riu Crono... El mapa que Petra em va donar és clar, però val la pena que...

Un xiscle agut va interrompre les seves paraules.

Ullsdor va aixecar el cap de seguida, i es va quedar immòbil a mitja altura; les seves poderoses ales blaves fuetejaven la boira al seu voltant.

–Què ha estat això? –va preguntar Alcuin, aguditzant la vista a mesura que la calitja s'esvaïa. Tot d'una, va sentir el Sabre del Destí vibrar al seu costat: de què el volia avisar?

A poc a poc el cel es va poblar de siluetes borroses... Finalment, l'elf les va veure clarament.

Eren una dotzena de criatures alades d'aspecte monstruós. S'assemblaven molt a enormes sargantanes d'escates vermelloses. Boques plenes de dents esmolades com ganivets s'obrien i tancaven, deixant entreveure llargues llengües bífides que xiulaven al vent.

Alcuin va desembeinar el seu Sabre del Destí i el va brandar davant seu.

–Marxem d'aquí, Ullsdor!

El drac blau no s'ho va fer repetir dues vegades: es va enroscar en l'aire canviant de rumb, però llavors es van adonar que darrere seu hi havia més criatures monstruoses.

–Estem atrapats! –va cridar l'elf, consternat–. No ens queda altra opció que preparar-nos per al combat!

El cor li martellejava fort al pit. Va alçar una mica més el Sabre del Destí, però quan aquelles estranyes sargantanes van ser prou a prop per poder-ne distingir els detalls, va tenir una altra desagradable sorpresa: a lloms també hi havia *cavallers*.

Al principi no se n'havia adonat, perquè duien armadures negres i vermelles que es camuflaven perfectament amb les escates dels rèptils voladors. Va ser aleshores que els va veure... i els va reconèixer.

–Només ens faltava això! –va gemegar–. Són els Minotaures de la Foscor de què em va parlar Petra! Que estúpid he estat de no pensar-hi: patrullen els confins del reialme amagats entre els cims de les muntanyes!

Les sargantanes ja estaven a tocar. Les seves boques enormes, que regalimaven una bava negrosa, es van obrir a pocs centímetres d'ells. Dotze contra un: semblava una batalla perduda abans de començar, però Alcuin no es va rendir. Va atacar a cegues. Amb un cop d'espasa de dalt a baix va encertar el morro d'un dels grans rèptils, que es va precipitar en el buit junt amb el seu cavaller, i en va ferir un altre en una ala, obligant-lo a la retirada.

Però n'hi havia molts. Massa. I Ullsdor estava al límit de les forces.

–Resisteix, amic meu! –va cridar Alcuin.

El drac, però, tot i ser més gros, semblava com estabornit per les mossegades d'aquelles criatures monstruoses.

–Ullsdor! –va cridar Alcuin, en adonar-se que alguna cosa no anava bé–. Ullsdor, que no em sents?

El drac blau va llançar un llarg xiulet i va desplegar les ales, i per un moment va perdre altura.

Aprofitant aquell moment de dificultat, el que semblava el Capità dels Minotaures, que duia una banya trencada, va treure l'espasa i va fer senyal als altres per-

què ataquessin tots alhora.

–Abateu-lo! –va grunyir enmig del fragor de la batalla–. L'heu d'aturar!

Alcuin va estrènyer el coll d'Ullsdor.

–Vola! –li va suplicar–. Tu pots, amic meu! Escolta'm bé: demostra'ls de què ets capaç. Sense tu estic perdut, em sents, Ullsdor?

El drac va rugir i, reunint les últimes energies que li quedaven, amb un moviment inesperat es va llançar enmig de les sargantanes voladores i va aconseguir obrir-se pas. Va volar, intentant distanciar-se'n tant com podia.

Alcuin es va agafar fort al coll d'Ullsdor amb tanta desesperació que va sentir com si fos tot un amb ell. Van volar com no havien volat mai abans. Sense alè. Sense pausa. Fins que van arribar a la riba d'un llac d'aigües blanques com la llet.

–El Llacblanc! –va exclamar Alcuin. Per un moment va pensar que ho havien aconseguit. Que estaven fora de perill. Un somriure confiat es va dibuixar a la seva pàl·lida cara, però ben aviat es va esvair.

Més Minotaures van aparèixer darrere un banc de núvols, dalt de les seves monstruoses cavalcadures. Ullsdor va intentar esquivar-los, però va ser inútil.

La topada va ser violenta.

El drac blau va llançar un rugit desesperat, ple de ràbia i de dolor. Alcuin també va cridar, mentre queia del drac.

Es va precipitar en el buit.

Va desaparèixer en la boira.

Cada cop més ràpid.

Cap a terra.

L'impacte violent amb les onades del llac li va tallar la respiració. L'aigua estava gelada i l'arrossegava cap al fons. Alcuin va lluitar per nedar, però va ser inútil. Els braços li feien mal, les cames semblava que pesessin com el marbre i sentia que li faltava l'aire. Es va rendir, deixant-se dur pels corrents.

L'últim que va sentir abans de perdre els sentits va ser el crit desesperat d'Ullsdor.

–Vinga, desperta't. –Una veu melodiosa va trencar el silenci.

Alcuin va entreobrir els ulls, atordit. Potser era... mort?

–Ànims, ho pots aconseguir –va continuar la veu amable–. Almenys intenta-ho. Que em sents?

El jove cavaller hauria volgut dir-li que sí, però tenia tant fred i estava tan afeblit que no va poder articular paraula ni fer cap senyal amb el cap.

–Mira'm –va tornar-hi la veu–. Obre els ulls i mira'm.

Alcuin es va esforçar a obeir. Va respirar fondo i va aixecar lentament les parpelles. Al principi no va veure res, però lentament de la penombra va emergir una figura misteriosa embolcallada amb una capa blanca.

Va ser tot el que va veure. Després va tornar a perdre els sentits.

9
A l'Illa dels Cavallers

La llum del matí inundava la Sala d'Exercicis. Les grans finestres que donaven als jardins de la Ciutadella dels Cavallers estaven obertes de bat a bat i deixaven entrar un vent fresc que duia tota la fragància de l'estiu. Un silenci carregat d'espera omplia l'habitació.

Alena, al centre, tenia els ulls tancats i respirava a poc a poc; una brisa agradable movia els seus llargs cabells negres. A la mà aferrava la seva Espasa del Destí, Miratge. Era lleugera com una ploma però resistent com ben poques armes més del Regne de la Fantasia: empunyant-la, la nimfa sentia passar per les seves mans la força misteriosa reclosa en aquella arma màgica.

Aleshores un crit va trencar el silenci.

El primer cavaller es va llançar contra ella amb una rapidesa impressionant, però Alena no es va deixar agafar per sorpresa.

Va lliscar cap a un costat amb una acció àgil, ràpida, perfecta.

Aquell senzill moviment va ser suficient per desorientar el seu adversari, un elf del Reialme dels Volcans, que va quedar completament desequilibrat. Només aleshores la nimfa va obrir els ulls: era el seu moment. Va girar ràpida sobre si mateixa i, mirant que el pes del seu adversari no l'arrossegués i allargant una cama, el va fer entrebancar.

–Encara ets massa lent! –va exclamar–. El pròxim!

No va haver d'esperar gaire: dos joves aprenents, un Gnom de Forja i una Nimfa del Reialme del Vent es van llançar contra seu.

–Heu de ser més ràpids! Més ràpids! –va repetir Alena, que fent un salt s'havia apartat i havia fet topar entre ells els seus dos adversaris.

Des que havia tornat de l'Illa Errant dels Somiadors, tothom insistia per veure-la en acció i poder-se entrenar amb ella, sobretot després d'haver escoltat els relats plens d'admiració d'Alcuin i de Zordan sobre la sorprenent agilitat i el gran coratge de la Nimfa dels Boscos.

Certament, Alena no era una persona que li agradés fer-se notar. No li havia agradat mai parlar d'ella mateixa. Treballar de valent: aquest era el seu lema. Però finalment, després de l'enèsima demanda, havia hagut de cedir i s'havia prestat a fer aquella classe improvisada.

–I què, doncs, algú més vol entrenar-se amb mi?

Un xiulet sobtat va tallar l'aire. La nimfa es va tombar de cop i la seva Espasa del Destí va topar amb la fulla d'una altra Espasa del Destí.

Per un moment, Alena es va quedar desconcertada, però de seguida va reconèixer Radjosa i el jove cavaller que l'empunyava i que reia divertit.

–Zordan! –va exclamar la nimfa, fixant els seus ulls blaus en els ulls verds de l'Elf Viatger.

El jove va abraçar amb afecte la seva amiga i companya d'aventures.

–Sempre entrenes aquí, oi?! –va fer broma.

–Quan has tornat? –va preguntar Alena.

–Ahir a la nit, però era tard i no vaig passar a saludarte, de manera que aquest matí he volgut assegurar-me que encara eres aquella hàbil nimfa que jo recordava!

–Que potser en dubtaves? –va preguntar ella, fent-se l'ofesa.

–Oh, no! Gens ni mica! Continues sent la mateixa adorable nimfa que es va escapar de les urpes d'un ferotge Udolador i que es va enfrontar als Bandits del Mar en una batalla llegendària! –va exclamar en veu alta Zordan.

En sentir allò, Alena no va poder evitar posar-se vermella.

–Oh, Zordan! Sempre fas el mateix! No canviaràs mai!

–Només he dit la veritat! –va replicar ell.

En un moment, els dos elfs es van veure envoltats dels comentaris i les preguntes dels joves aprenents i dels altres cavallers, que havien format una rotllana.

Preguntes que es van interrompre de cop quan es va acostar un Elf de Riu de nom Coralt. Vestia l'uniforme de la guàrdia de la Ciutadella: una cota de malles, un parell de còmodes pantalons de pell, guants, botes i capa. Damunt la cota duia un justacòs amb l'emblema de l'Escut dels Cavallers, i en un costat, una espasa dins la seva funda.

–Us prego que em seguiu –va fer amb aire seriós, adreçant-se als dos cavallers–. El General Audaç vol parlar amb vosaltres en privat.

Alena i Zordan es van mirar sorpresos, però el van seguir sense fer preguntes. S'imaginaven que els portarien a la Sala de l'Escut, però en canvi Coralt els va acompanyar a la Biblioteca de la Ciutadella.

Audaç estava assegut darrere d'una magnífica taula d'eben esculpida. Hi havia desenes de llibres i de mapes oberts davant seu: el General semblava concentrat en alguna lectura complicada. Tots els prestatges del voltant eren plens a vessar de llibres antics, vells manuals, enciclopèdies, volums relligats en pell, mapes de reialmes llunyans i mapamundis.

–Senyor? –Coralt es va aturar davant la porta, trucant dues vegades.– Els cavallers Alena i Zordan són aquí.

Audaç va aixecar el cap i els va rebre amb un somriure cordial, o així almenys li va semblar a Zordan. Alena, en canvi, va percebre una lleugera tensió en el rostre del seu General.

«Problemes a la vista?», es va preguntar. Potser els havia passat alguna cosa, als Somiadors, als seus amics Haires i Yoria? Era només una sensació, però la nimfa la percebia forta i clara, i sempre s'havia refiat del seu instint.

–Entreu, cavallers. Poseu-vos còmodes –va dir Audaç indicant dos alts trons davant seu.

–Em puc retirar, General? –va preguntar Coralt.

–Sí, et pots retirar, gràcies.

Tan bon punt es van quedar sols, Alena no es va poder retenir:

–Que ha passat alguna cosa? –va preguntar amb la veu tremolosa de preocupació.

La mirada d'Audaç es va enterbolir. Aleshores Zordan, que fins aquell moment havia esperat assabentar-se d'alguna bona notícia sobre els Somiadors, es va rendir a l'evidència: les notícies que els esperaven no eren les millors.

–Alena –va començar Audaç–, la teva sensibilitat i intuïció em sorprenen cada dia més. Ets veritablement un dels cavallers més prometedors que m'he trobat en tots aquests anys.

–Així doncs, tinc raó? –va insistir la nimfa–. És veritat que ha passat alguna cosa?

–Sí, però no el que penses. No es tracta dels Somiadors, si és això el que et preocupa. Aquell poble afable torna a viure una existència pacífica i feliç, i això gràcies a vosaltres. El seu reialme, per a seguretat de tothom, continua encara ocult per una poderosa màgia de Flordiana, i navega pels mars i els oceans del Regne de la Fantasia sense que ningú li pugui fer mal.

–Llavors per què ens heu convocat, General? –va preguntar l'Elf Viatger.

–El veritable problema és un altre. –Audaç va fer una pausa, com si parlar li fos difícil, i tot seguit va aixecar els ulls sobre els dos cavallers que tenia al davant:– El problema és Alcuin.

Zordan i Alena cada vegada estaven més confosos. S'esperaven sentir parlar d'atacs, guerres, batalles... Què volia dir «el problema és Alcuin?».

Potser li havia passat alguna cosa, al seu amic? Semblava impossible. Feia només uns quants dies que s'havien separat, cadascun per tornar a casa i passar un temps al costat dels seus estimats.

Zordan es va sentir de cop i volta més insegur. Al principi havia tingut alguna picabaralla amb Alcuin, prou bé que se'n recordava, però durant la missió al Reialme dels Somiadors havia après a estimar-lo com un germà.

–Què li ha passat? –va preguntar.

–Jo també voldria saber-ho –va sospirar Audaç, abatut–. Hauria d'haver tornat a l'Acadèmia abans que vosaltres. El Reialme de les Estrelles, que conec bé perquè vaig créixer allà, està més a prop de l'Illa dels Cavallers que no pas els vostres. Però n'hem perdut el rastre. Sembla que s'hagi... esvaït en el no-res.

Zordan va bellugar el cap, incrèdul.

–Alcuin no hauria infringit mai el Codi dels Cavallers: hi ha d'haver una explicació.

–Sembla que va marxar del Reialme de les Estrelles amb el seu drac blau, Ullsdor –va continuar Audaç–. Però...

–Però què? –van preguntar alhora Zordan i Alena.

–Però no per tornar aquí. Hem pogut reconstruir els seus desplaçaments només en part, gràcies al que ens ha revelat el seu pare, Namur, Mestre Escultor a la Cort d'Auriestrella. –Audaç va tancar el llibre que tenia al davant i va agafar alè.– Ens ha explicat que hi va haver un incendi, i que Alcuin el va salvar, a ell i al Poble de les Cases amb Teulades Inclinades, de les flames, però que l'endemà al matí va desaparèixer amb Ullsdor. El seu pare creu que hi deu tenir alguna cosa a veure la discussió que van tenir aquell dia.

–I doncs? Què és el que es van dir? –va preguntar Alena, cada cop més angoixada.

–Alcuin va fer moltes preguntes sobre la seva mare –va murmurar Audaç–. Una Nimfa de l'Aire que no va arribar a conèixer mai, i que vivia en un reialme llunyà; es deia Mistral.

Alena i Zordan es van mirar amb complicitat, en recordar el nom que Alcuin havia donat al seu Sabre del Destí. Sabien que l'elf volia descobrir la veritat sobre la seva mare, però no es podien creure que se n'hagués anat així, sense avisar-los, i a més a més infringint el Codi dels Cavallers...

–Namur pensa que el seu fill deu haver anat a buscar una vella elfa de nom Petra que viu a la vora del Llac de l'Estrella Reflexa –va continuar Audaç–, i que és l'única capaç de revelar-li els secrets del seu passat. Però un drac blau va ser vist mentre es dirigia al nord, enllà dels confins del Reialme de les Estrelles: la sospita és que Alcuin va obtenir la informació que volia i que ara es dirigeix cap a la terra d'origen de la seva mare, el Reialme de la Nit Eterna.

–Com el podríem localitzar? –va preguntar Zordan–. Si va marxar així de sobte és que devia haver descobert alguna cosa greu... L'hem d'ajudar!

–He demanat a Espurna que vingui –va contestar el General dels Cavallers de la Rosa de Plata–. És la nostra última esperança per trobar-lo... abans no sigui massa tard.

10
El Mirall de les Visions

Van sentir trucar a la porta i Coralt va tornar a aparèixer a la porta de la Biblioteca.

–General Audaç –va anunciar solemnement–, Espurna, la Maga de Cort, és aquí. L'he fet passar a la Torre dels Vels tal com m'heu demanat. Us hi espera.

–D'acord. –Audaç va assentir i va creuar, acompanyat d'Alena i Zordan, els passadissos de la Ciutadella dels Cavallers.

L'edifici era tan gran que ni Zordan ni Alena havien estat mai en aquella ala. Semblava antiga, molt més antiga en comparació amb altres parts de la fortalesa. Unes parets de pedra grisa molt altes cobertes de quadres i tapissos s'intercalaven amb portes tancades d'aspecte misteriós, finestres amb arcs i velles armadures plenes de pols. Van avançar a través d'un llarg passadís silenciós, inundat de la llum daurada del sol ara ja ben alt al cel. No hi havia ningú, a banda d'ells tres.

–Ara pareu molta atenció al que us ensenyaré –va dir Audaç–. Aquest lloc de la Ciutadella dels Cavallers és molt especial.

Alena i Zordan van assentir.

El General va apartar un gran quadre penjat i de sobte una part de la paret del darrere es va moure girant sobre eixos amagats.

Una entrada secreta! Passat el llindar, una escala de cargol s'enfilava cap amunt. El passatge feia olor de pols i d'humitat i, un cop la paret es va tancar del tot, els va deixar sumits en una foscor gairebé absoluta.

Van enfilar una llarga pujada i finalment davant seu va aparèixer una porta.

Audaç va entrar primer, seguit pels dos joves cavallers: a l'interior de l'habitació els esperava la Maga de Cort, Espurna, amb un somriure radiant als llavis.

–Alena! –va exclamar la jove maga del poble dels Nans Grisos–. Zordan!

No es veien des del dia que els dos elfs havien sortit cap a l'Illa Errant dels Somiadors.

Audaç es va acostar a la seva estimada i vella amiga.

–Gràcies per haver vingut aquí, Espurna –va murmurar, abraçant-la amb afecte–. La teva ajuda de ben segur que ens serà molt valuosa.

–Faré tot el que estigui a les meves mans per trobar Alcuin –el va tranquil·litzar ella quan van deixar d'abraçar-se–. Mentre us esperava he preparat tot el que calia. És una sort que a la Ciutadella dels Cavallers hi hagi una habitació com aquesta.

–Què vols dir? –va preguntar Zordan, mentre mirava al seu voltant, encuriosit.

La sala on eren era petita i circular, amb un sostre alt de cúpula. Sota els innombrables vels de seda de colors, blancs, grocs, taronges, vermells, violetes i negres, que ho recobrien tot, s'endevinava la presència de taules, llibreries i prestatges.

–La Torre dels Vels –va explicar Audaç– custodia alguns objectes màgics molt poderosos. Es conserven a l'illa per ordre de la reina Flordiana, perquè aquí estan més segurs que enlloc. De vegades, com en aquest cas, poden arribar a ser molt útils, i llavors es decideix utilitzar-los amb l'ajuda d'un mag o d'una maga. Al color de cada vel li correspon el nivell de «perillositat» de l'objecte que amaga. Vels blancs per a objectes no gaire potents, fins als vels negres que oculten objectes poderosíssims i potencialment perillosos en mans de les persones equivocades.

–I aquest –va intervenir Espurna apartant d'una paret

una llarga tela de seda vermella– és l'objecte en qüestió. Un antiquíssim Mirall de les Visions.

Amb una bufada de pols, davant del seus ulls va aparèixer un gran disc de cristall polit, encastat a la paret de pedra per evitar que algú se'l pogués endur de la Torre dels Vels. Semblava molt antic. Estava envoltat amb un preciós marc daurat, recobert d'incisions semblants a ulls entretancats, que llançava resplendors vermelloses al seu voltant.

–És magnífic! –va murmurar Zordan.

–I alhora molt perillós: aneu amb compte de no tocar-lo –els va avisar de seguida Espurna, asseient-se a terra amb les cames plegades davant del mirall. Els altres la van imitar.– Perquè s'activi –va continuar la maga–, cal estar molt concentrat; el mirall absorbeix moltes energies. No és fàcil conduir lluny la nostra ment a través del Regne de la Fantasia: si no estem atents correm el perill de perdre'ns per sempre!

–I... *nosaltres*, què hem de fer? –va preguntar Zordan.

–Jo us guiaré –va murmurar Espurna, tancant els ulls i començant a respirar lentament. Una feble resplendor daurada els va embolcallar.– No heu de fer sinó mirar el Mirall de les Visions...

El silenci va caure a l'habitació i una boira grisa va començar a planar sobre la superfície del mirall, que sembla-

va que tremolés i es fongués. Els ulls esculpits al marc daurat es van obrir de sobte i el Mirall de les Visions es va il·luminar.

Hi havia tot de formes al seu interior. Imatges borroses.

S'hi veia algú.

A primer cop d'ull, semblava una cara pàl·lida i cansada...

Alcuin sentia fred. Un fred intens que li calava els ossos. Al seu voltant la foscor era absoluta. Aleshores un crit li va pujar per la gola i es va trobar caient en el buit. L'aigua el va colpir amb la violència de milers d'agulles.

–Nooo! –va cridar l'elf, esbatanant els ulls.

Les seves mans estrenyien una manta suau i càlida. Només havia estat un malson. Un record horrible del que havia passat.

Sí, però què havia passat després? Alcuin va intentar

saber on era, però li era molt difícil mantenir els ulls oberts. Se sentia feble i baldat, i alhora molt acalorat. Devia tenir una febrada.

Va mirar al seu voltant, confós: semblava una petita cabana. En certa manera li recordava un niu del revés: la teulada estava construïda amb petits troncs entrellaçats, vells taulons corcats i fulles verdes. A l'interior hi havia poques coses: una taula, dues cadires de boga, el llit on ara jeia, estris vells, alguna bossa penjada a les parets, recipients i, en un racó, a prop de l'entrada tapada amb una cortina gastada, un fogonet on bullia alguna cosa.

Just aleshores la cortina es va descórrer.

Alcuin va veure retallar-se contra la foscor una silueta embolicada en una capa blanca. De seguida va buscar el seu Sabre del Destí, però es va adonar que no el tenia al costat. Va notar un nus a l'estómac.

–Qui ets? –va preguntar. El cor li bategava fort al pit. Necessitava temps per saber què fer, però se sentia tan feble...

–M'havia semblat sentir un crit, però no em pensava ja trobar-te despert.

Una veu musical va omplir la cabana amb un so com de campanetes platejades. Aleshores la figura misteriosa es va abaixar la caputxa de la capa i Alcuin es va trobar davant d'una jove elfa: una curta cabellera rossa, gairebé blanca de tan clara com era, enquadrava un rostre d'una bellesa increïble, en el qual dos ulls blaus el miraven somrient.

–Com et trobes? –va preguntar la noia, que devia tenir si fa no fa la seva mateixa edat.

–Bé... bé –va respondre Alcuin, desorientat. Va intentar moure's, però una fiblada a la cama el va fer tornar a

caure sobre el coixí i va arrencar-li un gemec de dolor. El cap li va començar a rodar vertiginosament.

–Espera't, no t'has de moure. –L'elfa es va treure la capa i la va deixar damunt la taula. Duia botes altes fins al genoll, i per dins uns pantalons de pell subjectats per un cinturó de cuir. Portava una guerrera sense mànigues d'on sobresortia una samarreta blanca.– Mira de no fer cap esforç: així només empitjoraràs la situació.

–Però...

–No parlis –el va fer callar. Va apartar els llençols i va mirar les ferides d'Alcuin.– M'ho imaginava, se t'han tornat a obrir. T'hauré de tornar a curar. En caure al Llacblanc et vas fer molts talls, alguns de força profunds. Per sort no et vas trencar res. Has dormit dos dies seguits, torbat pels calfreds de la febre. Encara estàs molt dèbil i val més que no et moguis gaire, d'acord?

–Però tu... qui ets? –va preguntar Alcuin, sense poder apartar els ulls del rostre de la jove. Tenia un aire delicat però decidit: a la seva mirada hi havia una determinació que l'elf no havia vist mai abans en ningú.

–Em dic Selina –va contestar ella–. Sóc una Elfa de la Nit i ara ets al Cau, el meu refugi. Et vaig trobar desmaiat a la riba del Llacblanc... A la mà estrenyies això. –L'elfa va indicar un prestatge: embolicat en una tela,

Alcuin va reconèixer el seu Sabre del Destí.– Perdies molta sang –va continuar la noieta–. Deliraves: parlaves d'una missió, deies noms i frases confuses.

–Selina... –va repetir Alcuin.

–I tu com et dius? I com és que et perseguien els Minotaures?

–Em dic Alcuin –va contestar l'elf–, i sóc un Cavaller de la Rosa de Plata.

En sentir allò, les mans de Selina, que embolicaven amb benes netes les ferides d'Alcuin, es van aturar de cop.

–De debò que ets un cavaller? –va preguntar, i per primer cop Alcuin la va veure somriure–. Aleshores no m'havia equivocat. De seguida ho vaig pensar. Aquí ens faria bona falta, l'ajuda d'un cavaller.

–Què... què vols dir?

–Ara mateix no –va remenar el cap ella–. Un cavaller exhaust no podria donar el millor de sí, oi? Ara dorm una mica i no pensis en res. Jo sortiré a recollir algunes plantes curatives i llenya per fer foc. No seré fora gaire estona. Després intentaré fer-te beure alguna cosa perquè recuperis les forces.

Selina es va tornar a posar la capa i va apartar la cortina per sortir: a l'exterior Alcuin va veure el Bosc de la Mitja Lluna, amb la seva blancor espectral.

–Selina! –la va cridar.

Ella es va girar.

–Sí?

–Gràcies –va murmurar l'elf.

Al cap d'un moment es va adormir.

La boira es va desfer. Les imatges es van evaporar.

Espurna va deixar anar un sospir profund.

Al Mirall de les Visions havien entrevist un reialme envoltat de foscor. Una cabana en l'espessor d'un bosc amb arbres increïblement pàl·lids. I Alcuin, al costat d'una jove elfa.

–El Bosc de la Mitja Lluna –va explicar Espurna amb un fil de veu: estava molt cansada per l'esforç requerit per fer la màgia–. Al Reialme de la Nit Eterna.

–Tal com sospitàvem, doncs, Alcuin ha anat a buscar la seva mare –va reflexionar en veu alta Audaç–. I està ferit.

Espurna estava molt trasbalsada.

–I això no és tot... En aquell reialme hi ha alguna cosa, Audaç. –La seva veu vibrava per la preocupació.

El General dels Cavallers de la Rosa de Plata va mirar la maga amb expressió interrogativa.

–Hi ha alguna cosa que es belluga en l'ombra, allà baix –va explicar ella–. Ho he percebut clarament. Un perill per a tot el Regne de la Fantasia. No sé de què es tracta, però he notat la Foscor que ho embolcallava tot. Alcuin encara no ho pot saber, però està posant en risc moltes vides. La seva i la dels qui té a la vora.

11
ON ETS, ULLSDOR?

Alcuin es va quedar al llit, enmig de deliris, durant dos dies més. La febre no baixava i el dolor de les ferides cremava intensament.

Selina se'n cuidava i era al seu costat en tot moment. Al bosc havia recollit les flors dels Arbres de Lluna, aquelles estranyes i toves flors blanques que Alcuin havia vist sobrevolant el reialme. Les havia cuit i deixat macerar, i n'havia obtingut una crema densa que havia aplicat a les ferides.

A poc a poc la febre s'havia calmat i les ferides més lleus havien cicatritzat. Al tercer dia, Alcuin va tornar a obrir els ulls.

–On... –va murmurar, cansat–, on sóc?

–Estigues tranquil. –Selina li va posar un drap humit al front.– Encara ets al Cau –va dir amb delicadesa–. Te'n recordes, de mi?

Alcuin va empassar-se la saliva abans de contestar. Tenia la gola seca i un gust de boca horrible. Es notava els ulls pesants, el cap confús i els braços afeblits.

Va mirar l'elfa i un somriure li va fer arronsar els llavis.

–Selina... –va murmurar.

Li costava molt recordar què havia passat, però la cara de l'elfa li havia quedat impresa a la memòria.

–Sí, sóc jo. Estic contenta que te'n recordis. Aquests dies he tingut por, saps? Cridaves i et bellugaves molt entre les mantes, en plena febrada. Però ara estàs millor, crec fermament que aviat et recuperaràs. Encara tens una ferida profunda a la cama esquerra, però tota la resta se t'està curant bé.

Alcuin va deixar que Selina li col·loqués bé els coixins per permetre-li incorporar-se assegut. Encara estava molt confós; el cap li bullia i tenia moltes dificultats a enfocar bé el que tenia a prop. Va observar la cabana: Selina l'havia anomenat el Cau, i en efecte semblava realment un cau improvisat.

–Vius aquí? –va preguntar, mentre l'Elfa de la Nit li donava una gerra de fusta entallada amb un líquid fresc i dens.

–Què és? –va preguntar aleshores, ensumant-ne el contingut blanquinós.

–És llet de Flors de Lluna –va explicar Selina, asseient-se en una cadira–. T'anirà bé. S'obté dels fruits dels arbres del Bosc de la Mitja Lluna. És un molt bon remei per als ossos.

Alcuin el va tastar, però de seguida va arrufar el nas.

–Té gust de llimones florides. –Va tossir, netejant-se la boca amb el dors de la mà.

–En cap moment t'he dit que fos bo –va somriure Selina, divertida–, t'he dit que t'anirà bé. Així que, si et vols tornar a aixecar, deixa't de romanços!

Després de buidar la gerra d'un sol glop, Alcuin va tornar a preguntar:

–Vius aquí, doncs?

–Sí, des de fa molt temps. Ara ja és casa meva. El meu niu. L'únic lloc segur que queda en aquest reialme.

Selina es va alçar, va agafar un gerro de terrissa i va abocar més llet de Flors de Lluna, que va oferir a Alcuin.

Ell se la va mirar amb aire de repugnància, però no va dir res.

–Per què, l'únic lloc segur? –va preguntar.

L'elfa va moure el cap a banda i banda.

–És una llarga història...

–No he d'anar enlloc. T'asseguro que durant un temps no em mouré d'aquí –va somriure l'elf.

Selina li va tornar el somriure i va començar a parlar:

–Sóc una fugitiva. Una de les poques persones d'aquest reialme que pot explicar que ha escapat de la Ciutat Subterrània.

–Ciutat Subterrània? –la va interrompre Alcuin, intrigat.

–Sí, una ciutat construïda justament sota la Fortalesa de la Lluna, el palau on des de fa segles regnen els sobirans d'aquestes terres. Al subsòl treballen els esclaus del Comandant Argo, potser n'hauràs sentit a parlar: excaven nit i dia, sense poder-se rebel·lar, buscant un objecte molt antic. Jo ho vaig veure, hi era. Vaig excavar la roca amb aquestes mans –va murmurar Selina, i es va mirar els dits llargs i amb marques d'antigues esgarrinxades–. No crec que hi hagi un destí més terrible.

–Vas néixer allà baix? –Alcuin no sabia dir ni on ni quan, però li feia la sensació que ja havia sentit aquella història...

–Sí, vaig néixer i créixer a la Ciutat Subterrània. Hi vaig viure durant setze anys com una esclava, però ara fa dos anys en vaig poder fugir. És terrible estar obligats a complir les ordres contra la pròpia voluntat, Alcuin.

Esclava. En sentir aquella paraula, a l'elf se li va encongir el cor. La ment se li va aclarir i de cop va recordar el motiu pel qual havia arribat fins allà! La febre l'havia aïllat en els replecs de la seva ment, però les paraules de Selina l'havien fet surar.

Mistral.

Alcuin va recordar la seva mare. Ella també esclava, com ho havia estat Selina. Va recordar Namur. Petra. Va recordar el seu viatge. I va recordar...

Va empal·lidir.

Selina se'n va adonar.

–Què et passa?

–Ullsdor! –va dir, tremolant–. Ullsdor! –va repetir amb un crit esfereïdor.

Selina, desconcertada, el va veure forcejar amb les mantes, treure-se-les del damunt, alçar-se i llançar-se cap a la cortina que tapava l'entrada del Cau. La cama ferida, però, no va aguantar el pes. Alcuin va caure a terra, però no es va aturar i va mirar d'arrossegar-se amb la força de la desesperació.

–Calma't!

L'elfa el va agafar pels braços i el va subjectar.

–No! Ell... Tu no ho entens, Selina! No ho pots entendre...

La ment d'Alcuin treballava frenèticament: com és que s'havia oblidat del seu drac?! Havien passat dies. Quants? No ho sabia. Mil records feliços es van amuntegar davant dels seus ulls. Les rialles, els jocs, les curses. Els núvols que li acariciaven la cara. La pluja freda per la seva esquena. Els rajos de sol que escalfaven els seus cors. Un vincle que anava més enllà de tota explicació. La unió entre un cavaller i el seu drac blau. I ara...

–Me n'he d'anar... He de saber on... –va balbucejar.

Selina va arrufar el nas.

–Tu no aniràs enlloc, m'has sentit? No t'aguantes dret. La ferida a la cama encara sagna.

–Ullsdor confia en mi! –va replicar, reprimint un sanglot–. Està sol, potser està ferit i jo...

–Jo sé on és.

Aquelles paraules van estendre una capa de gel sobre el Cau.

Alcuin es va girar per mirar Selina.

–Què has dit?

–Parles del teu drac blau, oi que sí?

–I tu com ho saps?

–Vaig veure com us precipitàveu –va explicar–. Per això et vaig trobar abans que fos massa tard: perquè sabia on buscar-te. Però el teu drac... el van capturar *ells* –va concloure Selina.

–Ells?

–Els Minotaures. L'han portat a la Ciutat Subterrània. Ullsdor està en lloc segur. Ets tu qui corre perill.

–Què vols dir?

L'elfa el va ajudar a tornar al llit.

–Vull dir que si no recuperes les forces, la ferida es podria infectar i...

–No, no volia dir això –la va interrompre Alcuin–. Per què dius que Ullsdor està en lloc segur?

Selina es va asseure al caire del llit.

–Quan els Minotaures capturen una criatura com ara un drac, un unicorn o un griu, la baixen a la Ciutat Subterrània per la boca d'un volcà apagat que hi ha entre les Muntanyes sense Temps, i allà l'obliguen per la força a excavar les parts on la roca és més dura. Per això et dic que Ullsdor està en lloc segur: és massa útil per als objectius d'Argo. I a més no t'oblidis que és un drac, encara més, un drac blau: l'animal més desitjat de tot el Regne de la Fantasia, i el més poderós.

Alcuin es va quedar abatut, però malauradament Selina tenia raó: en aquelles condicions seria incapaç de fer res. Només podia desitjar que les coses fossin tal com ella deia.

–D'acord, em quedaré al llit, però només un parell de dies més –va respondre, tossut–. Després aniré a salvar-lo...

Una espurna de llum va travessar els ulls clars de l'elfa.

–*Anirem* a salvar-lo.

–Què?!

–No permetré que entris sol a la Fortalesa de la Lluna –va replicar Selina, decidida–. Jo també tinc un compte pendent amb qui em va tenir presonera durant anys! En conec cada entrada secreta, sé com moure'm, et puc ensenyar totes les habitacions on tanquen les criatures que han capturat. De manera que t'acompanyaré.

Alcuin va agitar el cap amb força.

–No t'ho permetré!

–Em sap greu, però aquestes són les condicions –va decretar l'elfa, inflexible. I, mentre ho deia, un somriure se li va dibuixar als llavis il·luminant-li la cara.

12
En marxa!

Havien estat tres dies frenètics, els que acabaven de passar a l'Illa dels Cavallers. Dies de discussions, de projectes, de preparatius per arribar a un dels llocs més remots del Regne de la Fantasia: el Reialme de la Nit Eterna.

Espurna i Audaç s'havien cuidat de tots els detalls del viatge, però Alena i Zordan estaven amoïnats i nerviosos, gairebé més que davant la seva primera missió. Quan havien marxat cap a l'Illa Errant dels Somiadors, havien afrontat aquella expedició com una aventura excitant. Havien infravalorat, per inexperiència, els riscos que corrien, i aquella imprudència l'havien pagat cara, arriscant la vida més d'un cop.

Però ara tot era diferent. Alcuin no hi era, amb ells: l'elf estava sol, qui sap on, ferit. I, per si no fos prou, Espurna estava convençuda que hi havia alguna cosa més que els esperava en aquell reialme. Alguna cosa que amenaçava tot el Regne de la Fantasia.

Però què podia ser?, es preguntava Alena, fent xiular en l'aire la seva tralla.

La placidesa d'un capvespre d'estiu embolcallava l'Arena, el lloc on més li agradava entrenar-se, i n'acolo-ria de rosa les grades de pedra. Les cigales cantaven en l'aire suau de la primera nit, mentre els estels comença-ven a apuntar al cel.

En aquella calma absoluta, la Nimfa dels Boscos va fer espetegar novament la seva arma. La tralla va emetre un xiulet, desarmant alguns maniquins que Alena feia servir com a dianes per entrenar-se. Aquells exercicis tenien per a ella la virtut de tranquil·litzar-la. Era així: si alguna preocupació li rondava pel cap s'esforçava per treure-la enfora practicant amb l'espasa, fent fintes i duels improvisats.

Va tornar a practicar els cops, i aquesta vegada un aplaudiment va interrompre el cant de les cigales.

Alena es va tombar.

–Molt bé –la va felicitar Zordan–. No en falles cap. Saps que t'envejo una mica?

–Ah, hola, Zordan! També has vingut aquí a entrenar-te? –va preguntar la nimfa passant-se una mà pel front suat.

L'Elf Viatger va somriure.

–No, no he vingut per a això. Sóc aquí perquè ja ho

tenim tot. Coralt m'ha enviat a buscar-te: Audaç i Espurna ens esperen.

–Ara mateix?

–Sí, ara mateix.

Junts, els dos cavallers van travessar els jardins de la Ciutadella fins que van arribar davant dels grans portals de fusta esculpida de les Quadres.

–Ens esperen... aquí? –va preguntar Alena, sorpresa–. Per què?

Zordan va remenar el cap.

–Coralt m'ha dit que el General i la Maga de Cort ens esperaven a les Quadres, però no me n'ha explicat el perquè.

L'edifici que acollia les Quadres dels cavallers era una enorme construcció de pedra blanca adossada a la fortalesa. Estava subdividit en més plantes; a l'última hi havia àmplies terrasses per permetre als dracs blaus enlairar-se i aterrar. Cada drac tenia un espai propi a sobre de les Quadres, per poder volar lliurement a qualsevol hora del dia i de la nit. Les plantes inferiors, en canvi, allotjaven altres criatures. Tot al voltant de l'edifici s'estenia un vast espai de terra batuda, encerclat d'arbres centenaris de grans troncs nuosos.

Alena i Zordan no freqüentaven aquella part de l'illa: ells, a diferència d'Alcuin, Audaç i d'uns quants afortunats cavallers més, encara no tenien cap drac blau. Els dos elfs recordaven bé la història d'Alcuin i Ullsdor: havia estat una amistat a primera vista. S'havien trobat i escollit, per sempre. Qui sap si tard o d'hora també els passaria a ells...

Plegats van empènyer les feixugues portes de fusta. Sempre havien pensat que l'interior de les Quadres devia ser fosc, però s'equivocaven: una agradable llum platejada il·luminava una estança de fusta i de sostre baix, impregnada de l'olor intensa de la palla.

Audaç i Espurna eren allà.

–Benvinguts, cavallers –els va rebre el General–. Sé que

aquest no és el millor lloc per polir els detalls del vostre important viatge, però us havia d'ensenyar una cosa.

En aquell moment, un renill cristal·lí va trencar el silenci i els dos joves cavallers es van sobresaltar: no era pas el renill d'un cavall! Es van acostar a un alt recinte de fusta i es van enfilar per veure millor què hi havia.

–Unicorns! –va exclamar esbalaïda Alena.

Eren dos exemplars magnífics. Blancs com la lluna, amb la crinera daurada i els ulls d'un blau gairebé transparent. El pelatge i les ales semblaven recoberts de diamants.

–Viatjarem fins al Reialme de la Nit Eterna en aquests unicorns? –va preguntar Zordan tot sorprès.

–Són Unicorns Daurats del Reialme dels Somiadors, concretament –va explicar una veu amable sota seu.

Només aleshores els dos cavallers es van adonar que una menuda Elfa Estelada s'ocupava dels Unicorns Daurats. Tenia uns ulls blaus molt grossos i una llarga cabellera rossa recollida en una trena. Amb delicadesa però amb energia, raspallava el pèl d'aquells magnífics animals.

Alena i Zordan la van reconèixer de seguida: tothom a la Ciutadella coneixia la millor Ensinistradora de Dracs de la història de l'orde dels Cavallers!

Audaç es va acostar també al recinte i li va somriure.

–Alena, Zordan, ja coneixeu Spica. Ella us explicarà com us heu de comportar amb aquests animals de cor pur, que a petició d'Espurna es van prestar per a aquesta missió. Amb ells viatjareu com si fos dalt d'un drac blau, i en cinc o sis dies arribareu al Reialme de la Nit Eterna.

–Són... són tan... –va balbucejar Zordan.

–...magnífics! –va exclamar Alena.

–Estic content de veure-us tan entusiasmats –va as-

sentir Audaç–, perquè sortireu aquesta mateixa nit! No podem perdre temps, cavallers.

Al cap d'un parell d'hores, Alena i Zordan ja volaven amb els seus Unicorns Daurats. Aviat, una gran lluna platejada va aparèixer per il·luminar aquella nit plàcida.

Zordan estrenyia entre els dits un vell medalló de plata que tots coneixien prou bé: en temps passats havia pertangut a Audaç, quan encara era un jove elf que lluitava contra Stria; després Espurna l'havia donat a Alcuin abans que aquest marxés cap a l'Illa Errant dels Somiadors. Per seguretat, el seu amic no se l'havia endut durant la setmana de permís i havia preferit que se'l quedés el General.

Era la brúixola de Flordiana. Una esfera de vidre protegia una agulla daurada que indicava la direcció correcta: en aquells moments assenyalava el nord.

13
La Reixa

A Alcuin se li va acabar aviat, la paciència. Ja no podia esperar més quiet en aquell llit. Les sàvies paraules i els consells de Selina no havien tingut cap efecte en ell: en els dies següents al seu despertar, el cavaller havia començat a entrenar-se d'amagat, aprofitant els moments en què l'Elfa de la Nit sortia a buscar arrels, fruits i herbes per cuinar. Al principi s'havia limitat a fer petits passos, uns quants només cada cop, per no forçar la cama ferida; més endavant, els moviments ja eren més atrevits. Ara la cama l'aguantava bé i les forces havien tornat a ser les d'altres temps.

Així, aquell dia, va sortir del Cau.

Es va vestir mirant de no desfer l'embenat que li acabava de posar Selina, va recuperar el seu Sabre del Destí i va descórrer la cortina de pell que cobria l'entrada de la cabana.

La foscor era profunda. Núvols negres ben carregats

es congriaven al cel, amagant a la vista els cims de les Muntanyes sense Temps. Era un espectacle increïble: sinistre i magnífic alhora.

Les Muntanyes sense Temps eren d'un negre brillant, semblant a l'obsidiana. Als seus peus, una boirina pàl·lida i blanquinosa s'insinuava entre els arbres del Bosc de la Mitja Lluna, que lluïa amb una claror iridescent. El Cau, es va fixar Alcuin, quedava amagat per un gran Arbre de Lluna: des de dalt hauria estat impossible veure'l perquè semblava un simple cúmul de pàmpols i esbarzers. Calia admetre-ho: Selina ho havia sabut fer molt bé.

Alcuin va pensar en aquells pocs dies que havia passat en companyia de l'elfa: havia après a apreciar el seu caràcter dolç i al mateix temps ferm i decidit. Però... hi havia una cosa que el preocupava: Selina li havia explicat que s'havia escapat de la Ciutat Subterrània, però Alcuin estava convençut que hi havia alguna cosa que encara no li havia revelat. Fins i tot la seva determinació a voler-hi tornar, a seguir-lo a la Ciutat Subterrània... semblava ocultar un objectiu precís.

El jove va sospirar: si ja era una missió difícil per a un Cavaller de la Rosa de Plata ben entrenat com ell... què no seria per a una jove elfa?

Es va endinsar en l'espessor del Bosc de la Mitja Lluna. Els seus pensaments anaven de Selina a Ullsdor.

–On ets, amic meu? –se li va escapar.

Potser van ser aquelles paraules que van cridar l'atenció sobre ell, o potser la remor dels seus passos sobre les fulles que recobrien el terreny, però de cop i volta alguna cosa va xiular a un centímetre de la seva cara. Una cosa afuada, que es va clavar al tronc que tenia més a prop. L'elf amb prou feines va tenir temps de desenfundar el seu Sabre del Destí que de l'espessor del bosc va aparèixer Selina amb un arc a la mà i una fletxa carregada.

–Ets una imprudent! –va cridar l'elf.

Selina se'l va quedar mirant, primer sorpresa i després empipada.

–Tu?! –va esclatar–. Què hi fas, aquí, fora del Cau? Saps que t'hauria pogut ferir?!

–Ja me n'he adonat, moltes gràcies! –va remugar Alcuin mentre s'aixecava–. És així com surts a passejar pel Bosc de la Mitja Lluna? Atacant tot el que es mou amb el teu arc?

Selina li va clavar la mirada, picada.

–Resulta, estimat cavaller, que les criatures del Bosc de la Mitja Lluna no fan el rebombori que tu fas! Es mouen en silenci i amb gràcia. Em creia que un Minotaure havia descobert el Cau! En cap moment he pensat que podies ser tu... perquè *tu* hauries de ser al llit descansant!

–Doncs resulta, estimada Elfa de la Nit –va replicar Alcuin, seguint-li el joc–, que ja estava cansat d'estar-me al llit! Ara puc moure bé la cama, de manera que d'aquí a unes hores ja faré camí.

–*Què*? –Selina va canviar l'expressió de cop. Es va acostar una mica a l'elf i el va mirar: semblava en forma, i tornava a tenir un color sa. Però es va fixar que no forçava la cama ferida... encara li devia fer molt mal.– No t'hauries de moure, Alcuin, ja ho saps –va dir una mica seriosa, però sense cap mostra de retret a la veu.

Ell va negar amb el cap.

–Ja no puc esperar més, Selina. Cada dia que passa podria ser l'últim per a Ullsdor. Sempre que Ullsdor encara sigui... –No va acabar la frase i va abaixar la mirada.

Selina, commoguda per l'afecte que Alcuin sentia pel seu drac blau, va assentir.

–Tornem al Cau –va dir–. Ens hem de preparar per al viatge.

Quan ho va sentir, Alcuin va intentar replicar, però ella el va aturar abans que comencés a parlar.

–Saps que ja ho he decidit. He viscut molts anys sola i he après a moure'm en perfecte silenci, com les criatures del Bosc de la Mitja Lluna. Sé fer servir l'arc i el punyal, i et puc curar si la ferida et torna a donar problemes. Vindré amb tu.

I sense afegir res més va entrar al Cau.

Alcuin es va haver de rendir.

–Just aquí hi ha un passatge.

Selina i Alcuin estaven asseguts al voltant de la taula de fusta. La noia havia agafat un llibre vell amb un mapa del Reialme de la Nit Eterna.

–Aquesta és una porta secreta, un passatge amagat a les Muntanyes sense Temps: l'anomenen la Reixa. És a prop de la deu del Riu Crono.

–El conec –va fer Alcuin.

Selina se'l va quedar mirant, sorpresa:

–Com...?

Aleshores, l'elf li va ensenyar el mapa de Petra.

–Què és? –va preguntar la jove.

El full estava rebregat i malmès després d'haver caigut al Llacblanc, però encara es podia llegir. Semblava tan antic que feia la sensació que només de mirar-lo es trencaria.

–Un mapa. Me'l va donar una vella i estimada amiga –va explicar Alcuin, mentre els ulls de Selina seguien incrèduls els trajectes dibuixats.

–Recordes que en el deliri em vas sentir parlar d'una missió? He de salvar una persona: per això he vingut a aquest reialme. Seguint aquest mapa –va continuar Alcuin–, en ben pocs dies serem dins la Ciutat Subterrània, sota la Fortalesa de la Lluna. Veus el camí traçat en vermell? Indica la via més segura.

Selina estava bocabadada.

–No havia vist mai abans un mapa com aquest.

–M'estàs dient que et vas poder escapar de la Ciutat Subterrània sense cap indicació?

L'elfa va aixecar els ulls, fixant-los en els d'Alcuin. Hi havia un accent dolorós en aquella mirada.

–Quan em vaig escapar de la Ciutat Subterrània –va començar explicant–, no duia res. No tenia mapes, ni aliments ni armes amb què defensar-me. Vaig sortir-me'n com vaig poder. No va ser fins al cap de vuit llargs dies que vaig veure l'aire obert.

–Vuit dies?!

–Vaig tenir sort, molta sort –va admetre Selina arronsant les espatlles–. Vaig estar a un pas de no sortir mai més d'allà, en sóc conscient. Però amb aquest mapa, Alcuin, podrem arribar-hi com a màxim en tres dies de viatge: aquest trajecte és una drecera. No podem fallar.

–D'acord, doncs –va concloure l'elf–. Preparem les coses. D'aquí a una hora exacta ens posarem en marxa. La Reixa ens espera.

Quan van sortir del Cau, s'havia aixecat la boira i els pics de les Muntanyes sense Temps semblaven més propers que mai. Selina i Alcuin caminaven de costat, escoltant la fosca, atents a percebre qualsevol so sospitós.

Van fer camí durant hores, sense parar, sempre per dins del Bosc de la Mitja Lluna per evitar ser vistos per les legions de Minotaures de la Foscor que patrullaven el reialme.

Ben aviat van començar a enfilar un alt vessant rocós. El mapa era clar: la Reixa havia de ser a l'altra banda de la serralada. Al seu voltant, les pàl·lides flors blanquinoses dels Arbres de Lluna es gronxaven a l'ombra. Alcuin va contemplar meravellat aquelles plantes tan estranyes: era com si les seves grans flors blanques haguessin absorbit durant segles la llum que en altres temps il·luminava aquell reialme gràcies a l'Espasa de Cristall i ara maldessin per conservar-ne les últimes resplendors i donar al bosc aquella feble claror. L'elf no se sabia explicar per què aquell lloc de naturalesa tan salvatge i inhòspita el fascinava tant: potser perquè, al cap i a la fi, ell havia nascut allà. Allò era casa seva.

La pujada va ser llarga i extenuant. Selina anava al davant d'Alcuin i a cada sorollet sospitós li feia un senyal perquè s'ajupís a terra i s'aturava a escoltar els sons que duia el vent.

En un cert moment, mentre travessaven un tram de bosc especialment costerut, de la vegetació va sorgir una criatura espantosa que Alcuin no havia vist mai abans.

–Un Nocturn! –Selina es va llançar a terra i es va quedar immòbil.– No diguis res!

–Què...?

–Calla!

Es van quedar quiets a terra, l'un al costat de l'altre, amb el cor que els bategava fort, amagats darrere d'un matoll de Falgueralluna, una planta de fulles amples com mitges llunes blanques.

El Nocturn s'havia parat, i ensumava l'aire amb el seu llarg nas de trompa. S'assemblava a un enorme llop de pell negra, amb uns ulls petits i vermells i una boca plena de dents esmolades.

–Tenim el vent a favor –va xiuxiuejar Selina–. No ens trobarà. És una criatura pràcticament cega, que caça fent servir l'olfacte. Si tenim sort continuarà el seu camí i ens deixarà en pau...

–I si no tenim sort? –va preguntar Alcuin.

–Aleshores haurem d'afanyar-nos a córrer més que ell!

Però la sort va estar del seu costat: el Nocturn es va allunyar per on havia vingut i els va deixar el camí lliure per continuar.

La marxa va durar encara moltes hores més.

El dolor de la ferida a la cama havia tornat a aparèi-

xer, però just quan Alcuin ja començava a pensar que no se'n sortiria, van arribar al pas que permetia baixar per l'altra banda de la muntanya.

A penes el van passar, davant dels seus ulls va aparèixer un espectacle que deixava esbalaït: una cascada d'aigües cristal·lines baixava per les Muntanyes sense Temps i formava un rierol.

–La deu del Riu Crono! –va dir exultant Selina–. Ho hem aconseguit, Alcuin!

L'elf, però, semblava sorprès.

–N'estàs segura? Jo no veig cap Reixa.

–Perquè s'ha de mirar des de la perspectiva bona.

L'Elfa de la Nit el va agafar de la mà i el va portar per una graonada de pedra gens accessible que desapareixia just darrere la cascada, entre els esquitxos i els vapors que l'aigua aixecava. Per a sorpresa seva, Alcuin es va trobar davant d'una àmplia cova: l'aire era humit i fred, unes floretes grogues i blaves recobrien les parets i unes denses lianes violetes penjaven com garlandes del sostre de roca.

Selina el va conduir cap al fons de la cova, on s'alçava un portal de bronze que semblava molt antic. En un dels batents hi havia gravat un gran sol de rajos refulgents, i en l'altre, una brillant lluna plena.

–Aquesta és la Reixa: és el portal més antic del Reialme de la Nit Eterna –va explicar Selina–. Evoca el temps en què aquest reialme estava dividit en dos territoris en lluita incessant entre ells: el Reialme de la Lluna i el Reialme del Sol.

Aleshores, abans que Alcuin pogués preguntar-li alguna cosa més d'aquella estranya història, Selina va recolzar una mà a la Reixa i la va empènyer. No hi havia temps per a paraules: estaven a punt d'entrar al cor de les Muntanyes sense Temps.

14
Una antiga llegenda

Tan bon punt la Reixa es va tancar darrere seu, Alcuin i Selina van encendre una petita llàntia i una claror com d'ambre va il·luminar el passadís on eren.

Tenia parets de pedra esculpida. Fènixs amb les ales obertes, flors gegantines i escenes de batalles s'intercalaven fins on arribava la vista al sostre de roca negra.

Durant una estona els dos elfs es van quedar immòbils, amb el nas amunt, contemplant aquell espectacle. Se sentien minúsculs davant l'esplendor sense temps d'aquelles imatges. Selina ja les havia admirat, meravellada, dos anys abans, quan havia aconseguit sortir sana i estàlvia de la Ciutat Subterrània, però es va tornar a quedar sense paraules.

–Qui va excavar aquests passadissos? –va preguntar Alcuin després d'un llarg silenci.

Selina va bellugar el cap.

–Fa de mal dir. Són molt antics, més antics que la Fortalesa de la Lluna i que el Niu del Sol. Més antics que qualsevol poble o ciutat que avui hi hagi al Reialme de la Nit Eterna –va precisar, agafant la llàntia de les mans d'Alcuin i encaminant-se pel llarg passadís de pedra.

L'elf notava una estranya sensació que no era capaç d'explicar-se. Es va girar per mirar la Reixa. Estava tancada... però, tot i així, se sentia observat.

–Què et passa? –li va preguntar Selina–. Has vist alguna cosa?

–No res, només pensava... –va dubtar el cavaller, que va negar amb el cap–. No res.

Va aguditzar els sentits: potser només havia estat la seva imaginació que li havia jugat una mala passada, però

li havia semblat que alguna cosa s'havia mogut. No volia amoïnar Selina, de manera que va canviar de tema:

–Abans has fet referència a la història de dos antics reialmes que lluitaven entre si. Creus que és obra seva, aquest immens laberint de coves i túnels?

Mentrestant, mirava el mapa de Petra, per estar segur que no s'equivocava de camí.

–Potser sí, qui ho pot saber del cert? –va respondre Selina, pensativa–. És una història molt antiga. Una llegenda que es transmet de generació en generació i que s'explica en les festivitats més assenyalades. O, si més no, així era fa un temps.

Crrrc...

Un soroll de roca rascada va cridar l'atenció d'Alcuin. La seva mà va anar directa a l'empunyadura del Sabre del Destí... Era estrany, vibrava, com ja havia passat quan havien aparegut aquelles enormes sargantanes voladores. Ara ja no tenia dubtes: l'espasa l'avisava quan hi havia un perill! Va esperar, però no va passar res. El cor li va començar a bategar com un boig: cada cop estava més convençut que alguna cosa els seguia... però aleshores per què encara no els havia atacat?

Es va esforçar a amagar la seva agitació:

–Una llegenda? De debò? –va preguntar amb una veu una mica més freda i tensa de l'habitual–. Quina mena de llegenda?

Selina, que semblava no haver-se adonat de res, va continuar explicant:

–Fa molts segles, el Reialme de la Nit Eterna estava dividit per la meitat precisament per les Muntanyes sense Temps. A l'oest hi havia el Reialme de la Lluna, que tenia com a capital la ciutat de Nox, i a l'est el Reialme del Sol, amb Lux, la seva capital. Avui, de les dues ciutats, només en queden les ruïnes.

Crrrc...

Sense deixar de caminar, Alcuin va estrènyer més fort l'empunyadura del sabre, alerta.

–Les batalles eren el pa de cada dia, en aquells temps llunyans –explicava l'Elfa de la Nit–. Els dos pobles guerrejaven des de feia desenes i desenes d'anys, fins al punt que ni tan sols ells recordaven quan s'havia iniciat aquell odi, o per quin absurd motiu.

Crrrc!

El xerric va ser tan fort que Selina va fer un crit.

–Aparta't! –va cridar l'elf.

Al terra del túnel es va obrir una esquerda d'on va sortir un rierol de fang, que va formar un bassal de llot.

REGISTRE DE L'ACADÈMIA DELS CAVALLERS

ALCUIN

Procedència: Reialme de les Estrelles

Edat: 18 anys

Cabells: foscos

Ulls: negres

Qui és: Cavaller de la Rosa de Plata

No podré oblidar mai l'emoció del dia en què vaig veure per primer cop Ullsdor, el meu drac blau. M'estava entrenant a l'Arena quan vaig veure planar en la clariana un cadell de drac blau que acabava d'arribar a l'Illa i s'havia escapat del recinte d'ensinistrament. Tothom es va quedar amb la boca oberta: el drac semblava que busqués alguna cosa... el seu Cavaller! Pensava que no tindria cap possibilitat, però... els seus ulls brillants es van aturar just davant meu. No me'n sabia avenir, però llavors em vaig adonar que a partir d'aquell moment Ullsdor i jo estaríem junts per sempre més!

MISTRAL, EL SABRE DEL DESTÍ
És el sabre forjat pel meu pare abans que jo marxés cap a l'Illa dels Cavallers. Malgrat que Kadavor el va destruir, Haires, la Somiadora, el va tornar a refer.
ARMADURA DE GALA
Feta de planxes platejades i decorada amb roses, els Cavallers la van dur durant la cerimònia oficial.

ESCUT DE CERIMÒNIA

Lleuger i manejable, és un escut fet amb làmina de plata i incrustacions de bronze que reprèn les decoracions de l'armadura.

Sempre que vull estar una estona sol per rumiar, em refugio al meu lloc preferit: l'Armeria, dintre la fortalesa dels Cavallers. És un lloc magnífic! I em recorda el taller on el meu pare fabricava armadures i espases de tota mena.

Força. Determinació. Coratge. Són els dots que ha de posseir un Cavaller de la Rosa de Plata. Només entrenant-me amb constància i passió puc esperar millorar-me cada dia més. La Sala d'Exercicis és el lloc ideal per a això. Cada vegada que aprenc i cada repte que supero em fan ser millor Cavaller i digne defensor del Regne de la Fantasia. Quan lluito, la por desapareix de cop i volta. El temor s'esvaeix. L'ansietat s'apaivaga. Només som el meu sabre i jo, units, com sempre, contra el Mal més sinistre!

Punts forts: reflexiu i pacient, només actua després d'haver pensat.
Punts febles: és solitari i difícilment demana ajuda.
Observacions: té la determinació per convertir-se en un gran capità.

Borbollejava i cada cop s'estenia més, absorbint la sorra i la grava. De sobte la massa fangosa va començar a xiular, com si estigués dotada de vida pròpia.

–Alcuin, és un Fangós! –va gemir l'Elfa de la Nit.

–Un què?! –va preguntar el cavaller, i aleshores el va veure.

Una criatura de fang estava prenent forma davant seu: per ulls tenia grans cavitats negres i per boca una llarga ferida fosca.

Just aleshores, el Fangós va girar sobre si mateix, disposat a atacar.

Alcuin va apartar Selina i fent un salt va enfonsar el sabre directament al cos de la criatura. El Fangós va fer un xiscle esgarrifós, però no es va fer enrere: el llot de què estava fet es va tancar atrapant la fulla del sabre i estrenyent-la fèrriament.

Per un moment, Alcuin, agafat de sorpresa, va ser incapaç de reaccionar, però després, fent un gran esforç, va aconseguir extreure'n l'espasa. Amb horror va veure com la ferida al cos del Fangós es cicatritzava sense deixar cap marca.

–Anem-nos-en! –va cridar, agafant Selina d'una mà–. El metall de l'espasa no li fa res! Potser n'arribaran més i no sabrem com enfrontar-nos-hi!

L'Elfa no s'ho va fer repetir i tots dos van fugir al cor de les Muntanyes sense Temps.

Damunt les Muntanyes sense Temps el cel estava carregat d'espessos núvols plomissos. L'aire feia olor de pluja i de vent. Els dos Cavallers de la Rosa de Plata van aterrar amb els seus Unicorns Daurats als marges del Bosc de la Mitja Lluna. En la boira densa i grisa que ho envoltava tot, les flors dels Arbres de Lluna semblaven estranys i pàl·lids estels.

–Aquest lloc em fa posar la pell de gallina –va murmurar Alena baixant de l'unicorn. Estava acostumada als cels blaus del seu reialme d'origen i als paisatges radiants de l'Illa dels Cavallers.– L'aire és glaçat i amb aquesta boira no es veu res.

–Després de tants dies viatjant sense fer ni una parada, a mi tot em sembla bé! –va exclamar Zordan.

Va intentar descobrir on havien anat a parar: segons els seus càlculs, havien aterrat a la vora del Bosc de la Mitja Lluna. Havien deixat enrere la Fortalesa de la Lluna, els cims més alts de les Muntanyes sense Temps i la deu del Riu Crono. Però a ells tot això no els importava, si més no de moment, perquè no era aquell el lloc que el Mirall de les Visions havia mostrat a la Torre dels Vels.

Alcuin devia ser segurament en aquell estrany bosc que s'estenia davant seu.

–Ja gairebé hi hauríem de ser, oi? –va preguntar Alena.

Zordan va assentir, distret. Havia tret de sota la capa la brúixola de Flordiana i la mirava tot confós. Hi havia alguna cosa que no li quadrava.

–Què passa? –Alena s'hi va acostar, alçant el coll de la capa de pell per protegir-se del fred intens.

–No n'estic segur, però...

–Però...?

Zordan va mirar d'explicar-se:

–Bé, la brúixola s'està comportant d'una manera estranya. Mira-ho tu mateixa –i la va mostrar a la nimfa.

Alena la va observar: la fina agulla daurada vibrava i

es movia com sempre, però amb tot...

–Assenyala el sud –va dir arrugant el front–. No hauria d'indicar encara el nord?

–Sí, a menys que Alcuin no s'estigui desplaçant –va concloure Alena.

–Sí, jo també ho penso –va assentir l'Elf Viatger–. Falta saber si s'està movent per voluntat seva o si és algú que el porta on no vol.

Alena va bellugar el cap, pensant en la cara pàl·lida i sofrent del seu amic que havien vist al Mirall de les Visions.

–No ho sé, Zordan. Només ho sabrem quan l'hàgim trobat.

–Sí, però no podem quedar-nos aquí amb els Unicorns Daurats, criden massa l'atenció. Ens arrisquem que ens descobreixin.

Alena va assentir a contracor, i es va acostar al seu unicorn. Li havia agafat afecte, a aquell esplèndid animal. Li va acariciar el morro, agraïda:

–Tens raó, Zordan. Ens han portat fins aquí arriscant la seva vida, com havien promès. Però ara hem de deixar que se'n tornin a casa, a l'Illa Errant dels Somiadors. El nostre viatge, en canvi, tot just comença!

Alcuin i Selina van deixar de córrer només quan ja no podien amb la seva ànima. Esbufegaven i tenien el cor que semblava a punt d'explotar.

–Pensava que ens moriríem! –va murmurar l'Elfa de la Nit, deixant-se caure a terra.

–Jo també –va esbufegar el cavaller parant l'orella per percebre qualsevol mínim so darrere seu. Però no va sentir res: només el xiulet de l'aire entre les escletxes de la roca.

–On som? –va murmurar Selina, incapaç de moure un sol múscul. Jeia a terra amb els ulls tancats, els braços oberts i els cabells tots despentinats.

–Ara ho comprovaré al mapa. –Tot i haver corregut fins al límit de les seves forces, Alcuin havia intentat seguir el trajecte suggerit per Petra.– Encara som al camí traçat en vermell, i ja hem recorregut un bon tros de la via subterrània.

Aixecant la llàntia va explorar el lloc on eren. En aquell lloc la galeria s'eixamplava de sobte en un espai coronat amb una cúpula de pedra finament esculpida. Aquí, les parets també estaven plenes de gravats, però diferents dels anteriors: semblaven lletres i paraules gravades en una llengua antiga.

–Et sembla que estem segurs, aquí? –va preguntar Selina obrint els ulls.

–Espero que sí. Jo ho aprofitaria per descansar un parell d'hores. En les condicions en què estem, no sortiríem vius d'un altre enfrontament com el d'abans. Què me'n dius?

–Estic d'acord amb tu.

Van menjar de bona gana algunes de les provisions que s'havien endut del Cau: algunes arrels, fruits dels Arbres de Lluna, una mica d'aigua de la font i un parell de pastes dolces que Selina havia preparat.

–Com va la teva cama? –va preguntar l'elfa mentre passava un flascó rodonet a Alcuin.

–Què és?

–No t'ho imagines?

–Oh, no, digue'm que no és el que em penso! –va exclamar el cavaller ensumant-ne el contingut–. Llet de Flors de Lluna!

–T'anirà bé –va dir ella amb aire decidit, a penes matisat per un somriure divertit–. I ara, mentre descansem, et ve de gust escoltar com continua aquella vella llegenda?

Alcuin va assentir, i es va obligar a beure un bon glop del líquid reconstituent.

–Bé, doncs –va continuar l'elfa–, com t'explicava, les dues famílies reials sempre trobaven una excusa per atacar-se i lluitar, fins al punt que ben aviat els dos reialmes van quedar reduïts a ruïnes i fum. Els boscos cremaven, les muntanyes s'anaven desfent, els animals fugien, la natura plorava i es rebel·lava per tot el patiment que se li infligia. El cor de qui només pensa en la guerra, i no té ulls per veure ni orelles per escoltar el lament de la naturalesa, es tenyeix d'un negre que no s'esborra. Va ser així que una maga va decidir castigar els regnants per la seva maldat.

Alcuin estava pendent de les paraules de Selina.

–I què va fer?

–La llegenda diu que un dia, al capvespre, la maga va pujar al cim més alt de les Muntanyes sense Temps. Tenia el cor afligit per tota aquella naturalesa devastada, els animals morts i la pobra gent que fugia, i aleshores la seva veu va ressonar alta en el cel: «Vosaltres que ja no veieu la llum de la Justícia! Vosaltres que ja no coneixeu la llum de la Veritat! Vosaltres que ja no seguiu la llum de la Pau! No tornareu a veure mai més la llum del Sol ni de la Lluna!». I, després d'aquella invocació, una capa de núvols impenetrables va embolcallar tot d'una els dos reialmes.

–I és per això que aquí sempre és fosc?

–Sí, o almenys això diu la llegenda. Des d'aleshores la lluna i el sol no han tornat mai més a aquestes terres, que des d'aquell dia van ser rebatejades com el Reialme de la Nit Eterna. I la màgia va ser tan poderosa que va enfosquir el reialme també als ulls de Flordiana: aquestes tenebres impedeixen a la Reina de les Fades no només saber què hi passa, allà, sinó també, en cas que ho sabés, poder-hi intervenir. La maga que tenia a les mans el destí d'aquells pobles va decidir, però, donar-los una esperança. Així, amb la seva màgia més forta, va crear un objecte de gran poder: l'Espasa de Cristall.

Els ulls d'Alcuin es van obrir de bat a bat: era l'espasa de la qual li havia parlat Petra!

–Continua –va dir a Selina, impacient.

–La maga va forjar l'Espasa de Cristall i la va entregar a un jove Elf de la Nit de cor pur i esperit noble. Li va dir que amb aquella arma hauria de defensar els més febles i derrotar els malvats regents que havien causat

tanta destrucció i desesperació. Li va dir també que, si el seu cor continuava pur i net, la Llum el premiaria salvant el Reialme de la Nit Eterna de la foscor –va concloure l'elfa.

–I la maga? –va preguntar Alcuin.

Selina va somriure.

–S'expliquen diverses històries sobre ella. Hi ha qui diu que vivia sota les Muntanyes sense Temps i que l'entrada a casa seva era... una reixa de bronze.

Alcuin es va sobresaltar.

–M'estàs dient que en aquests moments som al lloc on viu?

Selina va esclatar a riure i es va aixecar.

–Ànims! No deus ser pas poruc tu, cavaller? Només són velles llegendes! –Però estava clar pel to de la seva veu que, en part, ella també s'ho creia.

Van continuar el camí a bon pas i durant moltes hores no van trobar cap més obstacle. Gràcies a les indicacions del mapa van evitar les galeries més estretes i perilloses, i van passar sempre per passatges amples i tranquils.

Però, en girar una cantonada, un imprevist els va agafar de sorpresa: algunes roques que s'havien desprès del sostre obstruïen el passadís.

«Es devia ensorrar després de passar-hi Petra», va pensar Alcuin.

–I ara? –va preguntar Selina, inquieta.

Alcuin va estudiar el mapa: estaven gairebé a mig camí del trajecte.

–No podem tornar enrere: correríem el risc de topar novament amb els Fangosos.

Selina hi va estar d'acord.

–Què proposes, doncs? Buscar un altre pas?

–Sí, aquí hi ha una altra via, just al costat de la vermella –va contestar Alcuin–. Pràcticament segueix el mateix recorregut, però baixa més en profunditat. Després, però, en aquest punt –va dir mentre l'assenyalava al mapa– torna a pujar i s'uneix al camí traçat en vermell.

–Estàs segur que el vols fer? –va preguntar l'elfa, dubitativa.

–Sé que és un risc, però no tenim cap altra opció, Selina –va dir el jove cavaller.

Però a les seves orelles ressonava l'advertència de Petra: *...hi ha coses, sota terra, que han de continuar sumides en el seu son sense temps. No les despertis, o es perdrà qualsevol esperança per a nosaltres...*

15
A SOBRE I A SOTA TERRA

Alcuin i Selina es van allunyar del camí principal, descendint cap a les entranyes de la Terra. Però el dubte d'haver comès un gran, grandíssim error no els abandonava en cap moment.

Mentre avançaven, Alcuin va tenir la sensació que l'aire cada cop era més calent i carregat: sens dubte, aquelles velles galeries havien quedat aïllades durant segles.

–Probablement ningú no ha tornat a trepitjar aquests passatges des que els van construir –va reflexionar el cavaller.

–Tu creus?

–Mira les parets del passadís –va explicar Alcuin alçant la llàntia–. Són de roca basta, no ha estat polida ni esculpida.

–Sí, tens raó –s'hi va fixar Selina–. Van obrir el passatge, el van excavar... i després no el van decorar. Però per què?

La pregunta va caure en el buit i durant una estona tots dos van caminar en perfecte silenci. El túnel cada cop s'estretia més, fins al punt que es van haver d'ajupir, i en algun lloc fins i tot arrossegar. No era fàcil: faltava l'aire i feia calor. A més a més, no sabien amb certesa on anirien a parar.

–Alcuin?

La veu de Selina darrere seu el va sobresaltar.

–Sóc aquí –va dir l'elf, girant-se, i va veure aparèixer la jove darrere d'un sortint rocallós. Tenia la cara bruta de terra i les mans plenes d'esgarrinxades, la roba esquinçada i empolsegada, però resistia, avançant dificultosament, un pas rere l'altre, darrere seu.– Tot bé? –li va preguntar.

–Crec... que he vist alguna cosa –va murmurar l'elfa.

El cor del cavaller va fer un salt.

–On?

–Davant nostre, una llum.

Alcuin es va tornar a girar, intentant travessar amb la mirada la foscor, il·luminada només per la claror daurada de la llàntia.

–Abaixa la llàntia –li va suggerir Selina–. Amb la foscor la veuràs millor.

El cavaller va fer com li havia dit i aleshores va veure una feble claror al fons de la galeria que estaven recorrent.

–Què et sembla que pot ser? –La veu de Selina ara era pràcticament un murmuri.

–No ho sé, però imagino que no hi hauria d'haver cap llum, aquí sota...

–És el mateix que em preguntava jo. La primera vegada que vaig passar per aquestes galeries vaig haver de lluitar contra la foscor, que no em va deixar ni un sol instant. Va ser un veritable malson, Alcuin. No entenc, doncs, què deu ser, això.

–De seguida ho sabrem –va concloure l'elf, tornant a posar-se en marxa. Sentia tremolar el seu Sabre del Destí. Va posar una mà a l'empunyadura de l'arma i es va adonar que vibrava: la llum davant seu no prometia res de bo. Però tornar enrere hauria estat molt arriscat perquè les provisions ja escassejaven i gairebé no els quedava aigua.

No podien fer altra cosa sinó avançar.

El Bosc de la Mitja Lluna va deixar lloc a les Muntanyes sense Temps i, encara més enllà, a una altra extensió de plantes encara més esclarissada i estranya que l'anterior, amb arbres similars a salzes però amb unes fulles gairebé transparents, com de paper de seda.

–On som? –va preguntar Zordan, desanimat. Feia moltes hores ja que avançaven caminant protegits pels contraforts rocosos o a l'ombra dels arbres per no arriscar-se a ser vistos.

–Crec que és el Bosc de la Fosca, Zordan –va contestar Alena, consultant el mapa que havien agafat de la Biblioteca de l'Illa dels Cavallers–. Hem anat a parar massa a l'oest mentre baixàvem aquell vessant de muntanya. Mira de comprovar-ho amb la brúixola.

L'elf la va treure de sota la capa: continuava assenyalant impertèrrita el sud.

–No ens ajuda de cap manera, Alena. És com si Alcuin hagués desaparegut, com si una d'aquelles muntanyes l'hagués devorat –va dir indicant amb un gest la llarga serralada de les Muntanyes sense Temps, semblants a una paret infinita que dividia en dos el reialme.

–On ets, Alcuin? –Les paraules d'Alena es van perdre en el vent que bufava gèlid.

–No t'amoïnis –la va tranquil·litzar Zordan–, ja veuràs com el trobarem. No ens hem de desanimar justament ara! Segons la brúixola, Alcuin s'està desplaçant, i això vol dir que és viu.

–Sí, però si sabéssim cap a on va...

–Crec que ho sé –la va sorprendre Zordan.

La Nimfa dels Boscos el va mirar desconcertada.

–Alcuin continua baixant cap al sud. No ha canviat el rumb en cap moment, ni s'ha desviat mai. I què hi ha cap al sud? Vinga, dóna un cop d'ull al mapa.

Alena va mirar el mapa del Reialme de la Nit Eterna que tenia a la mà.

–No voldràs fer-me creure que s'està dirigint cap a...

–N'estic convençut.

–La Fortalesa de la Lluna? –va murmurar la nimfa–. Creus que la seva mare és allà?

Zordan estava a punt de respondre quan un soroll el va posar en alerta. Es van amagar darrere d'un gran tronc caigut, recobert d'heura. Alena va indicar un punt en l'espessor del Bosc de la Fosca.

–Allà baix. Entre aquells salzes, ho veus?

L'Elf Viatger va entretancar els ulls i va posar una mà damunt la seva Espasa del Destí, que estranyament vibrava. Enmig de la vegetació, al llarg del que semblava un camí polsegós, una caravana de carros apareixia i desapareixia entre els troncs dels arbres d'escorça rugosa.

Des d'on eren, els dos Cavallers de la Rosa de Plata no podien distingir res més que dues calesses tirades per cavalls.

–Vénen cap aquí, Zordan! –va comentar Alena–. Hem de marxar, l'últim que vull és que em vegin.

–Espera't! –la va aturar l'elf, agafant-la d'un braç–. Sembla que fugin, no ho veus?

Alena va arrufar el nas.

–Que fugin? –va preguntar.

–Fixa't, s'estan endinsant ràpidament dins del bosc: ells tampoc no volen ser vistos.

–Però per qui?

–No en tinc ni la més mínima idea, Alena. Però fugen d'alguna cosa. Potser hauríem d'anar-hi a donar un cop d'ull, no et sembla?

La Nimfa dels Boscos tenia una lluita interior entre allò que li aconsellava la prudència, és a dir, continuar la missió, i allò que li suggeria el seu cor de cavaller: córrer a ajudar qui la necessitava.

–Crec que tens raó –va dir al final, sospirant–. Ho hauríem d'anar a veure.

Però aleshores, de sobte, les coses es van precipitar.

Tot va passar tan de pressa que els dos cavallers ni tan sols van tenir temps de reaccionar.

Van sentir un crit ronc alçar-se per damunt del xerricar dels carros que escapaven, un so de passos al bosc entre les fulles caigudes i les pedres remogudes.

Un enorme Minotaure de la Foscor, amb una banya trencada, havia sorgit darrere seu. Duia una armadura vermella amb acabats negres i feia anar una simitarra de metall vermell amb la fulla dentada.

–Captureu-los! –va cridar, i abans que Zordan tingués

temps d'apartar-se li va caure a sobre amb una ferocitat impressionant i el va ferir en un braç.

L'Elf Viatger es va desplomar a terra, deixant caure la seva Espasa del Destí. Sentia una cremor intensa que li pujava fins a l'espatlla, però va fer un esforç per rodolar abans que un nou cop l'encertés de ple.

–Zordan!

Alena havia tret Miratge, mentre del boscam apareixien desenes de Minotaures brandant tota mena d'armes: espases, maces de ferro, llances... N'hi havia fins i tot que duien xarxes metàl·liques.

–Rendiu-vos! Ara mateix! –va tronar el Minotaure amb la banya escapçada–. I encara seré prou clement si us perdono les vostres inútils vides!

–Alena, escapa't! –va gemegar Zordan, però la nimfa no li va fer cas: es va llançar contra els enemics, estrenyent en una mà la seva Espasa del Destí i en l'altra la seva tralla. Va abatre dos Minotaures gairebé sense que ells mateixos se n'adonessin.

Va tornar a atacar. Un cop i un altre.

Però a la fi una xarxa va caure sobre ella i la va immobilitzar. Alena es va haver de rendir.

Selina va entretancar els ulls.

–Ho has sentit?

–El què?

–Veus. Fragor d'espases, i m'ha semblat sentir crits.

Alcuin va parar l'orella, però no va sentir res més que el degoteig de l'aigua que es filtrava del sostre de roca, el xiulet de la flameta de la llàntia i el so de les seves respiracions.

–M'ho dec haver imaginat –va dir l'Elfa de la Nit, remenant el cap.

–És normal, no t'amoïnis. Després de tant de temps aquí sota, la tensió fa que qualsevol petit soroll ens sembli una veu o vés a saber què!

Selina va somriure, passant-se una mà pel front acalorat.

–Estic contenta de tenir al meu costat un Cavaller de la Rosa de Plata. Em dóna seguretat, saps? Tot i que vivim als confins del Regne de la Fantasia, el ressò del vostre valor ha arribat fins aquí. Quan vaig veure el drac blau al cel del Reialme de la Nit Eterna el meu cor es va omplir d'esperança. Necessitem la vostra ajuda. I a més a més... –Es va interrompre.

–A més a més què?

–Bé, jo sabia que només amb l'ajuda d'un cavaller podria tornar a la Ciutat Subterrània.

–Per tant tinc raó –va sospirar Alcuin–. Tu ja tenies pensat baixar per aquestes galeries abans fins i tot de coneixe'm... –Va trigar una mica abans de fer la pregunta que fins aquell moment no s'havia atrevit de fer-li.– Per què vols tornar al lloc d'on vas fugir i on eres una esclava?

–Perquè allà baix hi ha una persona que he d'alliberar –va dir Selina–. Una persona que em va salvar la vida quan només era una nena. I ara em toca a mi fer alguna cosa per salvar-la a ella.

Alcuin, sorprès per aquella revelació, es va quedar un moment en silenci, rumiant sobre com, en el fons, no sabia pràcticament res de Selina.

L'Elfa de la Nit semblava incòmoda per haver amagat

la veritat fins aquell moment, i estava a punt d'afegir alguna cosa quan, tot d'una, el terra de sota seu va cedir...

–Alcuiiin!

–Selinaaa!

Els dos joves van rodolar molts metres pel que semblava una mena de tobogan de pedra fins que van aterrar sobre un terra de roca polida.

–Selina, estàs bé?

–Sí, crec... crec que sí. On som?

Trasbalsats però, per sort, il·lesos, es van tornar a aixecar: no hi havia paraules per descriure allò que tenien davant dels ulls! Era una cova immensa, amb les parets completament recobertes de cristall i un sostre alt de pedra blanca. La llum que havien vist devia provenir d'allà: el cristall brillava feblement i creava un ambient suggestiu.

–Quin lloc és aquest? –va preguntar l'elf–. Al mapa no està assenyalat.

–No en tinc ni idea. –Selina ho observava tot amb la boca oberta. Però, en pocs segons, als seus ulls la meravella va deixar pas a una expressió de terror: el terra sota els seus peus havia començat a tremolar!

Fragments de pedra es desprenien de les parets i llargues esquerdes s'allargaven al terra de roca. De sobte, unes mans d'argila gegantines van sorgir de terra i es van obrir camí amb urpes de pedra.

Selina va empal·lidir.

–Són Obscurs de la Terra! –va exclamar.

Va ser l'últim que va poder dir.

16
Els Obscurs de la Terra

Anem-nos-en! De pressa! –va cridar Alcuin. Va agafar de la mà Selina i, amb Mistral al puny, va començar a córrer. El dolor a la cama ferida, cansada del viatge, va tornar a fer-se sentir, però l'elf es va esforçar a ignorar-lo i va continuar corrent.

–No podrem fugir... n'hi ha pertot arreu! –va gemegar Selina.

Semblava que cada cosa al seu voltant tremolés: unes fortes sotragades, com enormes calfreds, travessaven la cova d'una banda a l'altra. Desenes de braços foscos emergien de la roca buscant d'atrapar-los al seu pas. Era impossible dir d'on sortirien: de terra? Del sostre? De les parets?

–Compte, Alcuin! —va cridar tot d'una Selina–. Allà baix! –i d'una estrebada va apartar l'elf just a temps per evitar que l'engrapés una mà que havia emergit de sobte a ben pocs centímetres d'on era–. Ens estan encerclant, Alcuin! Què fem?

–Ens hi haurem d'enfrontar.

–És massa perillós! –va esbufegar l'elfa–. Són criatures sinistres, insensibles com l'argila i la roca de què són fetes, i viuen només per destruir!

–Ho sé, però no tenim altra opció –va concloure el Cavaller de la Rosa de Plata.

Davant de la determinació d'Alcuin, l'Elfa de la Nit va respirar fondo i va aixecar el punyal davant seu. No serviria de gaire contra aquells monstres, però era la seva única arma.

–Selina –va dir Alcuin–, queda't darrere meu i no et moguis.

–De cap manera, jo també lluitaré. No pots pretendre lluitar per tots dos!

Just aleshores, una mà gegantina va sorgir davant seu engrapant l'aire, però, quan Alcuin la va ferir amb el seu Sabre del Destí, va recular al subsòl deixant anar un esgarip esgarrifós, com si fos la mateixa terra la que gemegués. Era espantós.

–Sóc jo el Cavaller de la Rosa de Plata, Selina –va dir Alcuin, un cop va poder reprendre l'alè–. Sóc jo qui t'he de defensar.

–Però estàs ferit! –li va recordar, mirant preocupada la cama que li havia curat tantes vegades aquells dies–. Necessites que t'ajudi!

–És cert, Selina, però no de la manera que et penses. Si ens trobem més obstacles, és important que almenys un de nosaltres pugui fugir i continuar fins a la Ciutat Subterrània; si no, els esforços fets fins aquí hauran estat en va. I el més lògic és que jo et cobreixi la fuga: tinc més possibilitats de sortir-me'n, Selina. Per tant, si de debò confies en mi i en l'orde dels Cavallers de la Rosa de Plata com em vas dir, m'has d'escoltar bé.

L'elfa el va mirar un moment, en silenci, i després va assentir a contracor.

–Si et dic que t'escapis, t'escaparàs, d'acord?

–D'acord.

–Si et dic que t'has d'amagar, t'amagaràs.

–Sí, però...

–Si et demano que no pensis en mi i que em deixis a mercè del meu destí, ho faràs.

–Però...

–*Ho faràs* –va repetir Alcuin amb mirada determinada–. Sense «sis» i sense «peròs». Un veritable cavaller sap quan és el moment de rendir-se i fugir, quan és inútil sacrificar-se. Entesos?

–Entesos. –La veu de Selina havia tornat a ser poc més que un xiuxiueig.

Aleshores, la mirada d'Alcuin es va suavitzar i al seu rostre va aparèixer un somriure.

–Ja ho veuràs com ens en sortirem, d'aquesta.

En aquell moment, una explosió de fragments de pedra els va fer rodolar per terra. Alcuin i Selina van aguantar la respiració.

Davant seu, sorgit d'un enorme cràter, s'alçava en tota la seva grandària un ésser gegantí: el primer Obscur de la Terra havia emergit del subsòl.

Estava fet de roca i argila. Una cresta de pedra tallant coronava el cap de faccions pronunciades, que semblava clavat damunt les espatlles massisses; als braços li creixien punxes d'obsidiana brillant, esmolades com ganivets, i les mans acabaven en tres dits dotats d'unes urpes horripilants. L'Obscur era alt com dos elfs i se sostenia sobre unes cames sòlides com columnes. Quan el núvol de fragments rocosos que havia aixecat en aparèixer es va esvair, Selina va poder veure millor els detalls d'aquell rostre monstruós, que la mirava fixament amb dos petits ulls malèvols: un nas a penes esbossat i gairebé inexistent, una boca informe i negra. Al centre del front brillava un cristall de color vermell intens: bategava com un cor i potser, va pensar l'Elfa de la Nit, ho era.

Alcuin va aixecar el Sabre del Destí davant seu, intentant concentrar-se. Aquell Obscur era realment una de les criatures més monstruoses que havia vist mai a la seva vida!

Aleshores tot es va precipitar.

Al seu voltant van esclatar més explosions. Ben aviat desenes de criatures del subsòl els van rodejar. Van udolar totes alhora i es van llançar contra el jove cavaller.

Els carros-presó avançaven a sotragades pel camí en mal estat, fent dringar les cadenes i els pestells de les gàbies. Va ser aquell so que va despertar Zordan del seu ensopiment. No sabia amb exactitud quant temps feia que viatjaven, potser un dia sencer. Només recordava haver-se despertat, de tant en tant, d'un son sense pau.

Un son embruixat, n'estava segur.

Alena jeia al seu costat, agitant-se i cridant en l'entreson. Era el poder d'aquells carros-presó. Zordan ho sabia, n'havia sentit a parlar quan de petit viatjava amb el seu poble d'un reialme a l'altre. Els carros-presó servien per impedir revoltes i aldarulls: una potent bruixeria feia caure els presoners en un son inquiet. Era impossible despertar-se del tot: tothom s'hi endormiscava, amb la ment embolcallada en una boira espessa.

De tant en tant, bandes de Minotaures de la Foscor els envoltaven dalt d'estranyes sargantanes alades. Descendien volant arran de terra per comprovar que tot anava bé i després tornaven a aixecar el vol.

Zordan havia aprofitat els escassos moments de lucidesa per intentar alliberar-se, però el resultat havia estat només algun tall als canells i una penosa sensació d'impotència.

Alena encara es va tornar a agitar en el son. Zordan la va mirar un moment, i seguidament va sentir com les parpelles li pesaven. El son encantat estava a punt de tornar a caure sobre ell. No es podia rebel·lar. No podia fer res...

Lentament es va arraulir al costat de la Nimfa dels Boscos. Li va passar una mà al voltant de les espatlles, intentant fer-li sentir la seva presència i transmetre-li una mica de tranquil·litat. No dormirien per sempre i quan es despertessin, Zordan n'estava convençut, es trobarien en una situació ben difícil.

Mentre les parpelles se li tancaven inexorablement en el paisatge circumdant, un imponent edifici negre va sorgir de la boira. Era una construcció majestuosa, de

forma octagonal, semblant a una joia encastada a la roca. El cel era del color del carbó, les muntanyes darrere de l'edifici tenien els cims ocults per la boira i els seus vessants boscosos lliscaven cap a les relluents aigües d'un llac profund.

Aleshores Zordan va tancar els ulls i ja no va veure res més. Només foscor.

Un Obscur de la Terra es va llançar contra Alcuin i amb un cop d'urpa el va tirar a terra. El cavaller es va trobar de cop a terra, adolorit.

–Alcuin! –va cridar Selina, fent un pas cap a ell.

–No t'acostis! –va cridar l'elf–. Amaga't!

Va intentar aixecar-se, però la cama ferida no l'hi va permetre.

–No t'amoïnis per mi, Selina. Queda't on ets. No et moguis...

L'Obscur va aixecar una de les seves robustes cames per esclafar-lo, però Alcuin va trobar la força per rodolar de costat i evitar-ho just a temps. Era el moment d'atacar. Aferrant ben fort el seu Sabre del Destí, va sortir amb una rapidesa sorprenent cap al seu enemic. El va ferir. Amb un sol cop d'espasa, ràpid i net, va arrencar una mà del monstre d'argila i roca, el qual va rugir i va recular.

La resta d'Obscurs de la Terra van cridar esgarrifosament, i l'un darrere l'altre es van llançar cap a l'elf, obligant-lo a retrocedir contra la paret de roca.

Els cabells negres li queien esbullats sobre el rostre suat. Va estrènyer les mans al voltant de l'empunyadura. Sentia que s'ho estava jugant tot. La seva vida. També la de Selina. La vida de la seva mare. La possibilitat de tornar a veure el seu pare, els seus amics, Ullsdor. La llibertat mateixa del poble esclau al Reialme de la Nit Eterna... No, no es podia rendir. No ho havia de fer. Aquells monstres del subsòl no aturarien la seva missió!

El cavaller va mirar el Sabre del Destí, l'espasa que portava el nom de la seva mare, i va pregar perquè li donés la força per enfrontar-se un cop més a aquelles criatures terribles. En aquell moment va sentir un fluid tebi i tranquil·litzador que passava per entre els seus dits, i una tensió que li recorria l'espatlla. Fent un crit va saltar contra el primer Obscur, el que ja havia ferit i, sense saber com, el Sabre del Destí va semblar guiar-li la mà. La fulla de l'espasa va brillar amb una llum encegadora i es va clavar en el cristall vermell que el monstre tenia al front.

El rugit d'aquell ésser va ser esfereïdor.

Del cristall va brollar un líquid d'un vermell intens, calent com lava de volcà, i finalment amb un gran estrèpit l'Obscur es va fer miques.

Alcuin es va quedar contemplant l'escena sense alè, i ben endins li va néixer una nova esperança. Tan ràpid com va poder es va llançar contra els altres Obscurs. Ara ja sabia quin era el seu punt feble!

Però n'hi havia molts, encara. En va abatre un altre. I després un altre. Però en continuaven sortint més, sense treva, de terra.

–Alcuin!

El cavaller es va girar de cop. Selina!

L'elfa es trobava amb l'esquena contra la paret, rodejada de cinc imponents Obscurs. Empunyava ben fort el punyal davant seu, però les mans li tremolaven.

–Selina! Ara vinc! –es va estremir el cavaller, però un altre monstre va sorgir aleshores de darrere seu i el va aferrar ben fort. Alcuin va lluitar per desfer-se d'aquella pressió que no el deixava respirar, però ni tan sols era capaç de moure's. La pressió sobre el Sabre del Destí es va afluixar fins que l'espasa va caure a terra amb un soroll metàl·lic. L'Obscur cada cop l'estrenyia més fort. El món que envoltava Alcuin va començar a donar voltes.

–Se... lina! –va cridar, en veure l'Elfa de la Nit agenollada. Tenia una mà a terra i tota ella semblava agitada per calfreds.

Aleshores, tot d'una, la noia va aixecar el cap. Els seus ulls havien canviat de color: eren *daurats*. L'elfa es va portar una mà a l'altura del cor i inexplicablement, amb aquell gest, els Obscurs que l'encerclaven es van aturar.

–Selina? Què et passa? –va esbufegar Alcuin.

Ella no va respondre. La resplendor daurada dels seus ulls es va transformar en un esclat de llum que la va envoltar en una mena de capoll espurnejant. Les criatures del subsòl van recular, espantades, mentre Selina es va aixecar. Ja no semblava la mateixa elfa que Alcuin havia conegut fins aleshores. Estava serena. Tranquil·la. Tot d'una va obrir els braços, i va ser com veure sortir el sol! Una tempesta de llum ho va envair tot.

Alcuin es va quedar enlluernat per aquella onada lluminosa.

L'Obscur que el subjectava, desconcertat per aquella energia portentosa, el va deixar anar. L'elf va caure a terra gairebé sense respiració, però abans de desmaiar-se va veure Selina al seu costat.

Brillava. Era llum. *Pura llum.*

Tot seguit Alcuin va tancar els ulls i va tornar la foscor.

17

La història de Selina

Alcuin? –Una veu amable l'estava cridant.– Alcuin, em sents? –Una mà li va acaronar una galta, delicadament.– Alcuin, sisplau, obre els ulls! Segueix la meva veu. Ja ho vas fer una vegada. Sóc aquí, sóc Selina, em sents?

–Selina...

–Sí, oh Alcuin! –La noia va esclatar en plors, abraçant-lo.– Tenia tanta por... Em pensava que t'havia... Em pensava...

–Estic bé –va murmurar l'elf intentant incorporar-se per seure. Va mirar al seu voltant: encara eren a la cova de cristall, però el terrabastall d'una estona abans havia estat substituït per un silenci absolut.

A terra jeien munts de roca esbocinada: era tot el que quedava dels Obscurs de la Terra.

–Tot ha estat culpa meva! He estat jo que he fet... *això*! –L'Elfa de la Nit, tremolant, va donar un cop d'ull al seu voltant.

–Culpa teva? –va repetir Alcuin–. Si és una culpa, haver-nos salvat d'aquells monstres d'argila i pedra, en fi... espero que continuïs equivocant-te com ara fa un moment! –va exclamar, per desdramatitzar.

Selina es va posar a riure, entre llàgrimes.

–Sí, però em feia por haver-te ferit... I, sobretot, que no he estat sincera amb tu. –El to amb què havia pronunciat aquelles paraules revelava un profund malestar pel fet de no haver dit la veritat.– He estat una beneita, ho sé, però tenia molta por...

–Por de què?

–Bé, no et coneixia. No sabia per què havies vingut aquí al Reialme de la Nit Eterna. Sabia que eres un Cavaller de la Rosa de Plata perquè havia vist el teu drac blau, i estava segura, doncs, que venies amb bones intencions. Però no em volia arriscar que, pel meu bé, m'obliguessis a abandonar el reialme sense abans deixar-me fer el que havia de fer.

Alcuin va descansar el cap contra les parets de cristall de la cova mentre observava Selina. Qui era realment aquella noia? Eren a un pas de la Ciutat Subterrània i no hi havia temps per a secrets.

–Ara m'ho diràs tot, doncs? –va preguntar amb un somriure.

Selina va assentir. Es va asseure vora seu i va començar a explicar-li la seva història:

–El meu nom, el meu nom complet, és Selina Gemma Auradora, princesa del Reialme de la Nit Eterna i hereva al tron del Niu del Sol.

Per un moment, Alcuin va pensar que no ho havia entès bé. Una princesa? Aquella noia que vivia en una cabana al bosc, alimentant-se d'arrels? No podia ser... sempre s'havia imaginat les princeses d'una manera ben diferent!

Més endavant, però, es va recordar de les paraules de Petra. Li havia explicat que els reis i les reines del Reialme de la Nit Eterna sabien *portar la llum* en aquelles terres on la foscor era perenne. I era just el que Selina acabava de fer.

–Continua –va dir.

L'Elfa de la Nit es va passar una mà entre els cabells i va continuar:

–La meva mare era la reina Aura, senyora de la Fortalesa de la Lluna i legítima hereva del Niu del Sol. Era una dona bellíssima, que va lluitar amb valor pel seu poble fins al punt de donar la vida per defensar la llibertat dels Elfs de la Nit. Però el seu germà, el meu... *oncle* –i a Alcuin li va semblar que Selina feia un gran esforç per pronunciar aquella paraula–, la va trair per la seva ànsia de poder. Es diu Argo, i era el Comandant de l'Exèrcit de palau.

–Així doncs, *ell* és el teu oncle...

–Exacte. –Selina va assentir amb tristesa.– Argo era més jove que la mare, i molt ambiciós. No en tenia prou amb les missions tan prestigioses que li encomanaven, no suportava la idea d'haver nascut el segon, i considerava que el dret de pujar al tron li pertocava a ell. Així, una nit, va revoltar-se amb les legions dels Minotaures i dels Obscurs de la Terra, i amb aquestes va marxar sobre la Fortalesa de la Lluna i la va conquerir.

Selina va abaixar la mirada. Durant uns moments no va dir res, perquè parlar se li havia fet molt difícil.

Alcuin ho va intuir i li va fregar una mà per animar-la.

–La meva... la meva mare –va continuar l'elfa–, al cap de tres nits i tres dies de combats va sacrificar la seva vida per amagar l'objecte més preciós que tenia. Un objecte que Argo volia tant sí com no per assolir més poders: l'Espasa de Cristall. Ja t'he explicat la història d'aquesta espasa, Alcuin. És l'espasa llegendària que la maga va regalar a l'Elf de la Nit, noble i valerós, perquè portés la llum en aquest reialme. Bé, aquell elf era un avantpassat meu, Alcuin, o així ho explica la llegenda.

–Però Argo no va trobar mai l'espasa, oi?

–Exacte. La meva mare l'havia amagat en un lloc que només ella coneixia. Des d'aquell dia el meu oncle no va parar d'empresonar innocents per obligar-los a excavar a la Ciutat Subterrània. I és allà sota que la mare l'havia amagada: així m'ho va dir una Dama de Cort, fidel aliada nostra.

A Alcuin el cor li va fer un salt.

–T'ho va dir una Dama de Cort de la reina Aura?

No podia ser que fos precisament...

–Què tens? No et trobes bé? –va exclamar Selina en veure que de sobte s'havia quedat blanc.

–Com es deia? –va murmurar ell.

–Què? De què parles?

Alcuin va agafar les mans de Selina i la va mirar als ulls.

–Com es deia la Dama de Cort que te'n va parlar?

Selina semblava confosa.

–La Dama de Cort? Per què vols saber com es deia?

–T'ho demano!

Selina va fer que sí.

–Va ser com una mare per a mi –va continuar expli-

cant amb tendresa–. Jo tenia pocs mesos quan em vaig quedar òrfena, i va ser ella que durant els següents quinze anys em va protegir d'Argo i els seus Minotaures: l'hi havia jurat a la mare abans que morís. Vaig viure com una esclava, obligada a excavar com tots els altres. I ella... ella era la meva única amiga, l'espatlla damunt la qual podia plorar. La mare que mai no vaig tenir. Es deia Mistral.

Alcuin va notar que les cames li feien figa.

–Mistral –va murmurar.

–Alcuin, però què et passa? Per què t'interesses tant per ella?

L'elf va abaixar la mirada, superat per l'emoció.

–Perquè Mistral era la meva mare.

L'habitació era sumptuosa. Quan Zordan va obrir els ulls, malgrat la penombra, se'n va adonar perfectament.

Com també de les enormes cadenes vermelles que li collaven els canells. On era?

Allà on posava la mirada hi havia catifes precioses, altes estàtues que representaven cavallers i dames, canelobres d'or, quadres i, just davant seu, un tron. Estava esculpit en el cristall mateix i el respatller reproduïa el vol d'un fènix envoltat de flames.

El cavaller va intentar mirar al seu voltant, sense cridar l'atenció. Estava estès sobre un terra glaçat de pedra blanca. Al seu costat hi havia més elfs, i entre ells va reconèixer Alena, que s'estava despertant just en aquell moment: ella també duia cadenes gruixudes als polsos.

–On som? –va preguntar la nimfa, recuperant els sentits.

–Xxxt, parla fluixet –la va advertir Zordan–. Som a la Fortalesa de la Lluna, però no estem sols.

La nimfa es va girar, seguint la mirada de l'Elf Viatger, i va veure desenes de Minotaures quiets darrere seu. Els estaven vigilant.

–Qui és tota aquesta gent? –va xiuxiuejar Alena observant els rostres dels altres presoners. Cares xuclades de galtes, cansades i estrafetes per la por.

–Formaven part de la caravana que vam veure al Bosc de la Fosca –va murmurar Zordan–. Vaig sentir que parlaven entre ells: fugien dels Minotaures, que havien descobert els seus amagatalls a les muntanyes, perquè no volien que els duguessin allà, a la Fortalesa de la Lluna. No volien convertir-se en esclaus. Parlaven d'una Ciutat Subterrània on molts són obligats a excavar fins a la mort, però no he pogut saber-ne més coses.

–Esclaus? –va repetir Alena en veu més alta, incapaç de contenir la indignació. Va intentar aixecar-se, però no va poder.– És una cosa horrible, inhumana!

Molts caps es van tombar per mirar-la. El Minotaure amb la banya escapçada es va dirigir amb grans gambades cap a ella, però de sobte es va aturar i va fer una profunda reverència.

–Comandant Argo –va dir amb una veu viscosa i servil.

A la sala del tron, a l'interior del Niu del Sol, havia caigut un silenci glacial.

Només aleshores Alena va aixecar la vista i va veure, ben a prop seu, dos ulls d'un negre intensíssim. Pertanyien a un Elf de la Nit. Argo, com l'havia anomenat el Minotaure.

Vestia una armadura blau fosc, brodada amb ornaments platejats. Era jove i ben plantat: una llarga cabellera rossa, gairebé blanca, recollida en una llarga cua de cavall que arribava fins a terra. Però Alena s'havia quedat fascinada sobretot amb l'estrany tatuatge que l'elf duia al rostre, just al voltant dels ulls: una enrevessada teranyina negra.

–Atrax –va dir Argo dirigint-se al Capità dels Minotaures–, aquests dos són els Cavallers de la Rosa de Plata de què em vas parlar? La nimfa i l'elf?

–Sí, senyor meu. –El Minotaure es va inclinar encara més ostentosament.– Els vam trobar als confins del Bosc de la Fosca. Probablement devien buscar el seu amic: el que vam abatre volant fa uns quants dies.

En sentir allò, Alena i Zordan es van trasbalsar. Coneixien Alcuin? L'havien abatut? Era per aquesta raó que el Mirall de les Visions els havia mostrat el seu company cansat i ferit? Tots dos van intentar que no es traslluís la impressió que els havia causat aquest descobriment i no van dir res.

–Sí. L'altre cavaller. El que vas deixar que se t'escapés com un babau, oi? El cavaller que anava dalt del drac blau...

Atrax va assentir, avergonyit per la reprovació del Comandant.

Argo va avançar uns passos. Es va agenollar i va agafar el mentó d'Alena.

–Ningú –va dir en veu baixa– pot entrar d'amagat al meu reialme pensant que en sortirà com si res. I ningú es pot permetre el luxe de criticar els meus mètodes, criatureta estúpida. Saps com acaben les joves com tu? Les que parlen massa?

Argo va fer espetegar els dits i de darrere el tron van aparèixer dues enormes criatures bavalloses. Semblaven dos felins amb llargues crineres negres, però a l'esquena tenien unes petites ales de ratpenat i una cua de rèptil que fuetejava l'aire.

Els elfs que Alena i Zordan tenien al voltant van començar a tremolar i a xisclar de por.

–Qui gosi contradir-me –va continuar Argo– serà lliurat a les meves mantícores!

–Deixa-la! –va grunyir Zordan en sentir aquelles paraules.

Atrax el va apartar d'un cop de peu.

Alena va intentar alliberar-se'n, però va ser inútil. Argo no afluixava la pressió.

–I ara escolta'm bé –va continuar el Comandant–. Potser ets un Cavaller de la Rosa de Plata, però al Reialme de la Nit Eterna no podràs fer res! Fica-t'ho bé al cap i mira de fer-ho entendre també al teu amic. L'Illa dels Cavallers, el General Audaç, les vostres proeses només són històries de nens. Aquí no valen res! Ningú us vindrà a salvar. Des d'avui sereu els meus esclaus... per sempre més. –Amb un gest arrogant, va deixar anar la nimfa i després de mirar amb menyspreu Zordan es va tombar per anar-se'n.

–Porteu a tots a la Ciutat Subterrània! –va ordenar.

–Mistral és la teva mare?

Selina no es podia creure que fos possible.

Un grapat d'emocions contradictòries trasbalsaven Alcuin: estava sorprès, però també ple de noves esperances! Sense perdre més temps va explicar-ho tot a Selina. El seu passat, la seva infància sense Mistral, els silencis del seu pare. Li va parlar del quadern de viatge de Namur, de la trobada amb Petra. Li va relatar la seva marxa en secret amb Ullsdor per salvar la seva mare.

Al final, com un riu que de sobte es desborda, Alcuin es va sentir alliberat de qualsevol pes i amargura. Hi havia algú que el podia entendre!

–És increïble! –va ser tot el que va ser capaç de dir l'Elfa de la Nit.

Alcuin va assentir.

–Sóc aquí per això. Per salvar-la.

–I jo havia vingut aquí... pel mateix motiu! –va somriure Selina–. Va ser Mistral mateixa qui em va ajudar a fugir una nit d'ara fa dos anys, forçant els panys que m'empresonaven.

–Com va anar exactament?

–Ens vam escapar pels túnels amagats de la Ciutat Subterrània –va explicar l'elfa–. En un moment donat, però, els Minotaures ens van descobrir. El seu Capità, de nom Atrax, va cridar reforços. I Mistral s'hi va enfrontar per permetre que m'escapés.

El cor d'Alcuin va estar a punt d'aturar-se-li.

–I què li va passar, a ella?

–No ho sé. D'ençà d'aleshores no n'he tornat a tenir notícies. He intentat localitzar-la, però ha estat inútil.

–Doncs nosaltres ho haurem de fer –va dir l'elf, mirant d'apartar de la seva ment les hipòtesis més funestes sobre el destí de Mistral–. En marxa, doncs, Selina. No ens queda gaire per arribar a la Fortalesa de la Lluna.

La seva mare era viva. Ho sabia. Ho sentia.

Havia de ser així.

TERCERA PART

El poder de la Llum

18

A la Ciutat Subterrània

La Ciutat Subterrània era immensa. Interminable. Alena i Zordan es van aturar bocabadats al centre d'una esplanada de terra batuda, envoltada de porxos i columnes, mirant al voltant. No havien vist mai res de tan impressionant! Semblava un formiguer: milers de galeries s'endinsaven al subsòl en totes direccions.

Havien seguit Atrax de la sala del tron a través d'un trajecte subterrani, però no haurien sabut dir durant quant de temps o en quina direcció. Com la resta de presoners, els havien posat benes i, en tornar a obrir els ulls, es trobaven a la plaça que s'obria al centre de la Ciutat Subterrània.

Aixecant la vista no aconseguien veure ni tan sols el sostre, d'alt com era. I la fina boirina que planava sobre seu tampoc hi ajudava.

Alena es va preguntar com podia haver penetrat la boira a sota terra.

–No havia vist mai res com això –va murmurar Zordan.

–És increïble...

–És terrible! –va exclamar l'Elf Viatger, mirant per tots costats.

Hi havia milers de sales, habitacions i cel·les excavades directament a la pedra, talment com en un formiguer. I a més, carrers, torres de marbre, pilastres d'alabastre i obsidiana.

Però, sobretot, hi havia elfs i elfes de cares cansades i

apagades, que empenyien carretons plens de pedres, cristalls i carbó. Excavaven: aquesta era la seva tasca principal. Nit i dia. Argo els havia dut fins allà per això. Només podien descansar quan els era permès, i això passava molt rarament.

Alena va mirar Zordan un moment, per comunicar-li en silenci el seu horror, abans que un Minotaure l'empentés bruscament cap endavant.

–Camina! –li va ordenar fent un grunyit–. Et penses quedar quieta aquí tot el dia? Has vingut aquí a treballar! Vinga!

Va fer espetegar una tralla i Alena es va lamentar de no tenir la seva. No només se li havien endut les armes sinó també els guants i tota la resta de coses.

L'Elf Viatger li va picar l'ullet per donar-li ànims. No es podien rendir, ni se'ls podia passar pel cap, aquella idea. Quants cops Audaç li havia repetit que un cavaller ha de saber examinar amb lucidesa totes les situacions, per més dramàtiques que siguin, sense deixar-se endur pel desànim o la por. La por era el veritable enemic! I saber-la controlar i saber-hi reaccionar era allò que distingia un veritable cavaller.

Zordan va continuar avançant. Les cadenes que tenia als canells estrenyien i pesaven molt: havia tractat de forçar-les de totes les maneres possibles, però no tenien cap mena de pany. Com s'obrien i es tancaven?

–Aquests, allà baix! –va cridar Atrax des de dalt d'un balcó de pedra des d'on impartia les ordres. Havia assenyalat una família d'Elfs de la Nit, que de seguida va ser portada cap a una galeria fosca.– Excavaran la Via de l'Aire Negre, per buscar l'Espasa de Cristall.

Un cop es va apagar l'eco de les terribles paraules del Capità dels Minotaures, va quedar només el soroll de la pedra excavada, partida i esmicolada per milers de mans.

–Senyor, què en fem, dels dos Cavallers de la Rosa de Plata? –va preguntar un jove Minotaure mentre es posava ferm davant seu–. Els portem també cap a la Via de l'Aire Negre? Allà baix en perdem molts, els vapors són verinosos. Són quatre braços forts que ens podrien anar molt bé.

–No, Tinent. Tinc altres plans per a ells –va riure maliciosament Atrax, entretancant els ullets malvats–. Lamentaran amargament haver vingut a ficar el nas al Reialme de la Nit Eterna!

–D'acord, senyor. Com vulgueu.

–Jo mateix els portaré a la Fossa –va rugir Atrax–. On

excaven les bèsties ferotges. M'hi jugo l'única banya que em queda al cap que no sobreviuran gaires dies!

La seva riallada va ressonar sota les voltes de la Ciutat Subterrània i va ser l'últim que Alena i Zordan van sentir abans que sis Minotaures els arrosseguessin cap a la Fossa.

L'Elfa de la Nit va fer un senyal a Alcuin perquè s'aturés.

–Ja gairebé hi som.

–N'estàs segura?

–Crec que sí.

Acabaven d'anar a parar a una sala coberta amb una volta. Per les parets, en fornícules separades per pilastres, hi havia estàtues molt antigues, cobertes de teranyines, que representaven reis i reines de rostres austers: devien ser les tombes dels avantpassats de Selina. Per terra es veien alguns brasers apagats. L'única llum que il·luminava l'ambient era la llàntia d'Alcuin.

–Per què dius que ja hi som? –va preguntar l'elf.

Selina va moure el cap i va mirar al seu voltant.

–Ho sento en l'aire, en les olors que hi ha aquí sota, en la fredor d'aquestes antigues escultures. Ho veig en el color de la terra. He viscut aquí des que només era un nadó, i reconec el lloc que vaig anomenar casa durant tants anys. No falta gaire.

–Sí, tens raó! –va dir exultant Alcuin, que mentrestant havia tret el mapa de Petra–. Hem tornat sobre el camí traçat en vermell. Deu faltar un dia de viatge, com a màxim –va confirmar.

–Menys i tot, però hem de saber com actuarem. Hem d'organitzar un pla, Alcuin. No podem entrar a la Ciutat Subterrània com si res. Ben pocs han pogut fugir d'allà sota, i en canvi n'hi ha molts que han mort en l'intent. Hem d'avançar amb prudència.

Només aleshores Alcuin es va adonar que havia sortit del Reialme de les Estrelles amb l'únic pensament al cap d'alliberar la seva mare, sense haver ideat cap pla concret, només imaginant ingènuament que sobrevolaria la Fortalesa de la Lluna amb el seu drac blau i que n'esfondraria les muralles. Ara veia clar que havia menystingut el perill. Però encara hi havia més: ara entenia que aquell viatge no era només una qüestió personal, sinó que allà, al Reialme de la Nit Eterna, hi havia en joc el destí de *tot* el Regne de la Fantasia...

–Tens raó, Selina –va assentir–. Fins ara m'he arriscat massa. El desig de salvar la meva mare m'ha fet cometre molts errors. N'hauria d'haver parlat amb algú: amb Audaç, o amb Alena i Zordan. M'he equivocat –va murmurar, turmentat–. Ara, però, ja és massa tard per canviar les coses. Ara que sóc aquí sé que tinc una oportunitat i que l'he d'aprofitar de la millor manera possible. Me'n puc sortir, però necessito la teva ajuda per entrar a la Ciutat Subterrània. Em faràs costat?

Selina va somriure en sentir aquelles paraules.

–Sempre! –va exclamar–. Però hem de concebre un pla que ens permeti actuar sense ser vistos.

–Tu... –Alcuin va dubtar. No sabia com demanar-l'hi.– Allò que vas fer a la cova de cristall, amb els Obscurs de la Terra... la llum que els va destruir...

–Sí?

–Ho podries tornar a fer? –va preguntar l'elf tot d'un cop–. Aquella llum. Aquell *poder*? No sé com l'anomenes, però el podries tornar a fer servir?

Selina va sospirar i va negar amb el cap.

–Forma part de mi, però no el sé controlar. No el puc utilitzar a voluntat. És un do que des de fa generacions es transmet a alguns membres de la meva família. El tenia el meu avi, la meva mare, i ara el tinc jo. Però sense l'Espasa de Cristall sóc incapaç de dominar-lo.

–Per tant, contra els Obscurs va ser una... casualitat?

–No ben bé –va explicar Selina–. Mira, de vegades, quan em trobo en un greu perill, aquest poder es desperta dins meu. És com una tempesta de sol: sento que m'omplo de llum que, independentment de la meva voluntat, s'allibera i envesteix el qui té intencions de fer-me mal.

–Així doncs, és com si fos una defensa que tens?

–Exacte –va assentir l'elfa–. Només puc fer servir el meu poder per defensar-me, mai per atacar ningú –va concloure Selina–. I tampoc no ho voldria, Alcuin. Sé que és un gran poder, però també sé que fa respecte i que comporta enormes responsabilitats. I malauradament, sense l'Espasa de Cristall, no m'és possible controlar-lo...

–Perdona'm, Selina, si t'he demanat que el facis servir –va dir Alcuin, en veure-la incòmoda.

–No pateixis, tu no ho podies saber. Però necessitarem un altre pla per entrar a la Ciutat Subterrània i a mi no se me n'acut cap.

–Però potser a mi sí! –va exclamar l'elf–. Som dos contra centenars de Minotaures: ens fa falta un cop de mà. O, més ben dit, d'*urpa*.

Selina ho va pescar a la primera.

–Ullsdor? Vols intentar d'alliberar-lo?

–És clar! Pensa-hi, Selina. És un drac blau. Una criatura llegendària i poderosa. Només amb la seva ajuda tindrem alguna esperança de sortir-nos-en.

Tal com havia promès, el Capità dels Minotaures va acompanyar personalment Alena i Zordan fins a la Fossa. Passat un arc de pedra, va aparèixer un espai amb les parets recobertes d'inscripcions i d'antics baixos relleus, on, a terra, jeien estàtues decapitades, frescos ensorrats, columnes fetes miques.

Allà, al bell mig, s'obria la veritable Fossa: un precipici negre i profund, on, contra la seva voluntat, s'obligava a treballar enormes criatures màgiques: grius, unicorns, dracs de tota mena. Excavaven sense parar, controlats per collars de metall negre que emetien una lleu claror.

Tot d'una, a Alena li va semblar percebre una ràfega d'aire fred que venia de dalt i, en aixecar la vista, es va quedar amb la boca oberta: damunt dels seus caps les parets s'anaven estretint com si es tractés... sí, era això! Eren al con d'un volcà apagat! Probablement el cràter era l'única obertura que permetia als Minotaures fer baixar fins al subsòl criatures gegantines com ara els dracs.

–És meravellós, oi? –va fer tot orgullós Atrax, mirant al seu voltant–. Aquest és el lloc que us correspon! Entre les bèsties de Sa Excel·lència el Comandant Argo!

–És monstruós –va deixar anar Alena–. *Tu* ets monstruós!

El Minotaure li va donar un cop a la cara i la nimfa va relliscar uns quants metres dintre la Fossa, entre grava i roques mig desfetes.

–Alena! –Zordan es va llançar darrere seu, sense prestar atenció a les pedres que li esgarrinxaven els braços i les mans. Va poder-la atrapar just abans que anés a parar a prop d'un enorme drac vermell d'urpes afilades.

–Me la pagaràs cara! –va bramar l'Elf Viatger, tombant-se cap a Atrax–. D'aquesta te'n recordaràs, Minotaure!

–Ho dubto, estúpid marrec! –Atrax es va posar una mà al pit.– Tu saps què és això?

A l'armadura del Minotaure hi havia encastat un medalló metàl·lic de color vermell fosc: el mateix metall amb què havien estat fetes les cadenes que estrenyien els canells d'Alena i Zordan i de tots els altres presoners. Al medalló hi havia tot d'inscripcions en una llengua antiga; al centre, dues cadenes entrellaçades envoltaven una gemma en forma de llàgrima.

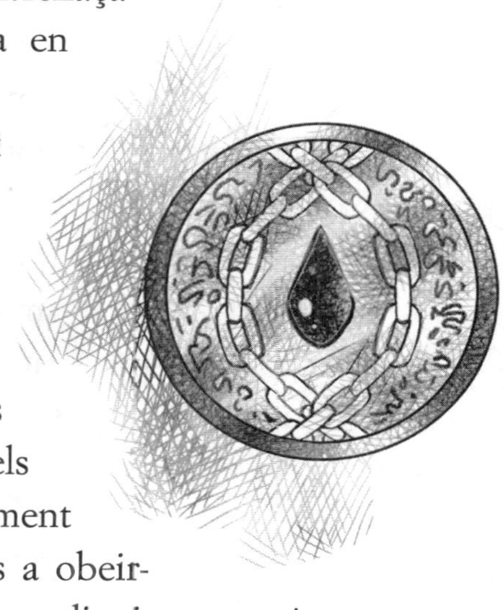

–Això –va continuar Atrax amb un riure malvat de satisfacció– és el Penjoll de Comandament. Un poderós medalló embruixat que controla les cadenes que teniu als canells. Només que hi passi els dits per sobre i pensi intensament una cosa, us veureu obligats a obeirme. Per exemple, només cal que digui: *excaveu!*

El Minotaure va tocar el penjoll i els dos cavallers van sentir un foc incandescent al voltant dels polsos.

–Però què em passa?! –Les mans de Zordan es van inclinar cap a terra.

–Zordan, què passa?!

–No ho sé!

Era impossible oposar-se a aquell impuls. Havien d'obeir! Es van agenollar i amb les mans van començar a excavar frenèticament la terra.

–Més ràpid, ganduls! –va cridar Atrax rient sarcàstic.

I així ho van fer. Contra la seva voluntat, Alena i Zordan van excavar cada cop més de pressa, com els havia ordenat que fessin. Aviat la suor va cobrir els seus fronts, i els dits se'ls van començar a omplir d'esgarrapades, però no van parar. No podien parar!

–Continueu excavant fins que us ordeni que pareu! –va ordenar Atrax.

Zordan el va mirar amb ràbia, mentre el Minotaure girava cua i se n'anava rient.

Però no podia fer res per rebel·lar-se. I, així, va continuar excavant.

19

LES CADENES EMBRUIXADES

Davant d'Alcuin i Selina s'erigia el Portal de Pedra. Era una entrada imponent, que emanava una esplendor sinistra: dos immensos batents esculpits a la roca recordaven un rostre monstruós d'ulls entreoberts.

–És l'entrada a la Ciutat Subterrània –va murmurar Selina duent-se una mà a la gola.

–Et trobes bé? –va preguntar Alcuin, amoïnat, en veure que es tornava pàl·lida.

L'elfa va assentir i va intentar somriure, malgrat que el cor li bategava fort al pit. Havien passat dos anys des que s'havia escapat, i en aquell temps havia canviat molt: s'havia convertit en una experta caçadora, una hàbil lluitadora, i de princesa tímida i espantada havia passat a ser una jove elfa combativa i decidida. Però tornar a contemplar aquell portal davant del qual havia començat tot l'havia fet sentir-se de cop fràgil i insegura.

–Darrere d'aquesta porta hi ha el meu passat, Alcuin.

El món del qual vaig fugir fa anys... No m'és fàcil tornar-hi.

El cavaller va callar un instant i seguidament va estrènyer les mans de Selina i la va mirar fixament als ulls, mirant de transmetre-li seguretat.

–Tampoc ho és per a mi –va dir–. Però ara ja no estem sols. Jo estic amb tu. I tu estàs amb mi. Ens enfrontarem a tot fent-nos costat l'un a l'altre. Aquesta és la nostra força!

En sentir aquelles paraules, els ulls de l'Elfa de la Nit es van negar de llàgrimes, que de seguida va voler estroncar.

–Tens raó –va assentir, ferma–. Tal com bé dius, ara ja no estem sols.

Alcuin va recolzar les mans al Portal de Pedra.

–Ànims, obrim-lo junts –va exclamar.

–D'acord!

Van empènyer amb totes les forces que tenien i els batents van començar a grinyolar. Els eixos van girar i un fil de llum va trencar les tenebres.

Els dos joves van mirar al seu voltant amb els ulls esbalaïts. El terra de la sala que s'obria passat el Portal de Pedra, de roca negra, refulgia il·luminat per brasers; unes profundes fornícules s'obrien entre grans columnes esculpides en forma de drac.

No semblava haver-hi ningú, però per prudència Alcuin va fer senyal a Selina perquè s'amagués darrere les potes de pedra d'un immens drac. S'hi van quedar arraulits força estona, fins que van estar prou segurs que aquella sala no estava vigilada per Minotaures.

–Tot sembla en calma –va dir el cavaller–. Saps on som?

–És la Sala dels Dracs –va contestar Selina–. Som als soterranis de la Fortalesa de la Lluna. Des d'aquí, seguint una sèrie d'antics passadissos que

no s'usen des dels temps del meu avi, es pot baixar a les entranyes de la Ciutat Subterrània i ficar-se sota les Muntanyes sense Temps o bé pujar a la Fortalesa.

Alcuin va assentir.

–Hem de mirar de no cridar l'atenció. Se t'ocorre alguna cosa?

–Hi ha una estança no gaire lluny d'aquí –va dir aleshores Selina, concentrant-se per recordar amb precisió on era–, plena de capes i vestits que utilitzaven els servidors de la Fortalesa. Si encara hi són, els podríem fer servir per passar desapercebuts!

–Bé –va estar-hi d'acord Alcuin–. Indica'm el camí.

Més d'un cop, mentre recorrien els passadissos silenciosos dels soterranis, van haver d'amagar-se darrere alguna cortina, ajupir-se entre les estàtues plenes de pols o ficar-se en sales buides per evitar els guardians dels Minotaures. Sortosament, ningú els va veure.

Quan van arribar a la petita estança, van comprovar alleujats que era tal com Selina la recordava. Els dos elfs van trobar-hi unes llargues capes amb caputxa. Eren d'un blau intens, amb vores platejades, i duien brodats els emblemes de l'exèrcit d'Argo: una aranya escarlata a l'altura del cor.

–Amb això ens podrem moure lliurement –va murmurar l'elfa–. Pertanyen a la Guàrdia de Palau. Amb sort, no ens faran preguntes.

–Ara hem de baixar, oi?

–Sí. Hi ha una rampa d'escales que porta a la Ciutat Subterrània. Segurament devien portar Ullsdor a la Fossa, un barranc immens que s'obre sota el cràter d'un volcà, on van a parar les criatures més grans per fer-les excavar més fondo.

–Anem-hi, doncs!

La Fossa no era com se l'havia imaginat Alcuin. Semblava un vell temple en ruïnes: passat un arc de pedra, s'obria una sala amb gravats a les parets i estàtues gegants. Però la mirada de seguida anava a parar a l'enorme precipici que, al bell mig, ho engolia tot.

Estava ple de grius, unicorns i dracs de tota mena que treballaven sense descans. I en silenci: allò va ser el que més va sorprendre l'elf.

–En altres temps aquest era el Temple de la Llum –va xiuxiuejar Selina–. Aquí es commemorava el dia en què els dos reialmes, el del Sol i el de la Lluna, van esdevenir un de sol. Recordes la llegenda que et vaig explicar?

Alcuin va assentir.

–Aquí, esculpida a les parets de pedra, s'hi narrava la història de l'Espasa de Cristall. Mira allà baix. –L'Elfa de la Nit va assenyalar un punt a l'altre costat de la paret de la Fossa.– Encara s'hi pot llegir l'última part de la història, escrita en grans lletres daurades.

VOSALTRES QUE JA NO VEIEU
LA LLUM DE LA JUSTÍCIA!

VOSALTRES QUE JA NO CONEIXEU
LA LLUM DE LA VERITAT!

VOSALTRES QUE JA NO SEGUIU
LA LLUM DE LA PAU!

NO TORNAREU A VEURE MAI MÉS
LA LLUM DEL SOL NI DE LA LLUNA!

Eren les paraules amb què la maga havia invocat la foscor sobre aquelles terres devastades per la guerra. En llegir-les, Alcuin va sentir una esgarrifança recorrent-li tota l'esquena. Però tot d'una la seva mirada va canviar i va passar del terror a l'alegria.

–Mira, Selina!

–On?

–És Ullsdor!

Just sota la gran inscripció, el drac blau excavava amb una fúria impressionant. Tenia els ulls apagats i la boca ben oberta: no semblava veure res més que la roca davant seu. Amb un rugit va trencar una roca enorme i la va esmicolar amb un cop de cua tan violent que va espantar l'Elfa de la Nit.

Alcuin va sentir una fiblada de dolor al pit.

–Però què li passa? No sembla ell!

–És el collar que porta, Alcuin –li va explicar Selina–. Per als elfs hi ha cadenes vermelles que els obliguen a excavar. Per als animals i les altres criatures, però, Argo va crear els collars negres.

Només aleshores Alcuin es va fixar en el gran collar de metall que estrenyia el coll sinuós d'Ullsdor. Brillava feblement i semblava bategar en la penombra.

–Hi ha alguna manera de treure'l?

La mirada de Selina es va fer greu.
–No ho sé, Alcuin. Espero que sí.
–Ho haurem d'esbrinar nosaltres, doncs.

Alena i Zordan estaven al límit de les seves forces. Feia un dia sencer que excavaven sense ni un sol moment de descans. Atrax no havia tornat des que els havia dut a la Fossa, i no havia donat cap ordre més al Penjoll de Comandament. La raó era evident: volia que els dos cavallers continuessin excavant fins a la mort!

–Zordan –va esbufegar Alena–. No... puc... més. No crec... que pugui resistir gaire... més!

–Serra les dents ben fort! –va panteixar l'elf–. No afluixis, Alena! –Zordan observava preocupat la seva amiga: estava pàl·lida, amb els cabells despentinats que li queien pel rostre suat; tenia les mans plenes de talls i ferides, i estava tota bruta de fang i de pols. Quant temps més resistiria?

Ell, però, també estava extenuat, però físicament era més fort i podria continuar encara algun dia més. Però Alena no.

Zordan va sentir un profund sentiment de frustració. Fent el cor fort, es va obligar a deixar de cavar, però de seguida va notar una forta coïssor incandescent. Va serrar les dents per no haver de cridar. Amb les poques energies que li quedaven va unir els polsos i va clavar un cop contra una enorme pedra punxeguda intentant trencar les cadenes.

–Zordan! –va gemegar Alena, espantada–. L'únic que faràs així és fer-te mal! Atura't! Prou!

L'elf, però, no la va escoltar. Tot i el dolor, va continuar donant cops i cops contra la pedra, però en va.

Les cadenes embruixades ni tan sols van quedar marcades per la seva fúria. Zordan va caure a terra, sense forces, i de seguida les seves mans van tornar a cavar com si no volgués fer altra cosa.

Era un malson!

–Zordan. –Alena va acostar-se-li

mentre continuava esgarrapant la terra.– Digue'm que estàs bé. Contesta'm, sisplau!

–No ha servit de res –es va lamentar amargament l'elf. Tenia els ulls envermellits i el rostre devastat pel cansament extrem.– No ha servit de res!

–Trobarem una manera –va intentar animar-lo Alena–. No ens rendirem! Ara no podem!

La nimfa va aixecar els ulls. Tenia la mirada ofuscada per la fatiga: feia més d'un dia que no bevia ni menjava. Va tractar d'aixecar-se, però es va aturar.

Algú els estava mirant des de la vora de la Fossa, dins d'una llarga capa blau fosc.

–Què mires tu?! –va cridar la nimfa amb ràbia.

–Alena?! –va exclamar la misteriosa figura–. Alena, ets tu?

Quan va sentir aquella veu, Zordan va obrir bé els ulls i va contenir la respiració. Com podia ser? Malgrat tot, estava segur d'haver-la reconegut... Es va girar de cop, intentant pujar per les parets escarpades de la Fossa, relliscant per damunt dels detritus punxeguts i la grava. Ara ja no li importava ferir-se. L'Elf Viatger va començar a plorar... d'alegria!

–Alena! Zordan!

Oblidant qualsevol prudència, Alcuin es va llançar

pel pendent d'enderrocs. Ara caminant ara relliscant, finalment va arribar fins als seus amics. Selina el va seguir, procurant en tot moment que ningú no advertís la seva presència. Estaven corrent molts riscos.

Alcuin hauria volgut preguntar un munt de coses a Alena i Zordan. Què hi feien, allà baix? Com hi havien anat a parar? Aleshores va veure les cadenes als seus canells i les mans ferides que no podien parar quietes. Va veure en les seves cares la felicitat d'haver-lo retrobat, però també l'extenuació per aquella tortura.

Sense deixar d'excavar, els dos cavallers van explicar ràpidament a Alcuin com havia anat tot. Li van relatar la seva marxa de l'Illa dels Cavallers, l'arribada a aquell reialme, l'enfrontament amb els Minotaures.

–Alcuin! S'acosta algú! –el va advertir de sobte Selina–. Afanya't!

Alena i Zordan van mirar l'Elfa de la Nit amb curiositat, com si només aleshores s'haguessin adonat de la seva presència.

–No patiu –els va tranquil·litzar Alcuin–, és Selina, i és amiga meva. Us en podeu refiar. Ara us alliberaré!

–No podràs –va lamentar-se Zordan, mentre li ensenyava les cadenes embruixades–. Has de trobar el Capità dels Minotaures, es diu Atrax. Porta un medalló damunt l'armadura, el Penjoll del Comandament. És això el que ens obliga a excavar! Els tancaments d'aquestes cadenes estan embruixats: l'única manera d'obrir-les és fregant el penjoll i demanar-li que ho faci.

–Alcuin! De pressa! –el va afanyar Selina, cada cop més preocupada.

–Tranquils –els va animar l'elf–. Trobaré el Penjoll del Comandament i us alliberaré!

Va abraçar els dos amics i va arrencar a córrer juntament amb Selina fins a desaparèixer per una galeria, poc abans que un escamot de Minotaures entrés amb trenta nous esclaus per treballar a la Fossa.

20
El medalló del Minotaure

Ha anat de poc! –Selina es va amagar en l'ombra d'una fornícula.

Alcuin la va atrapar, esbufegant.

–Ho sento –es va disculpar–. Però quan els he vist ha estat superior a mi. No me'n sabia avenir... Alena i Zordan són dos Cavallers de la Rosa de Plata, dos amics meus molt estimats. I si són en aquesta terrible situació és només per culpa meva!

–Aleshores hem d'alliberar-los –va murmurar l'Elfa de la Nit embolicant-se amb la capa, mentre alguns Minotaures passaven pel corredor–. Les cadenes encantades acabaran matant-los si no ens afanyem a salvar-los. Els obligaran a excavar fins a la mort.

–Hem de buscar el Penjoll del Comandament. Saps on el podríem trobar?

–Si és cert que el té Atrax, el Capità dels Minotaures, aquell que du una banya trencada, primer de tot l'haurem de trobar a ell.

La mirada d'Alcuin es va endurir de cop. Només aleshores havia lligat caps!

Atrax: el Minotaure amb una sola banya. L'ésser que havia capturat Ullsdor! Que havia capturat la seva mare durant la fuga uns anys abans. Que havia empresonat els seus amics. Semblava veritablement que el seu destí era haver d'enfrontar-s'hi.

–On és? –va preguntar.

Selina va arribar a un lloc des d'on amb la vista es distingia la plaça de la Ciutat Subterrània.

–Veus aquell balcó de pedra? –L'Elfa de la Nit li va indicar una terrasseta al mig de dues grans columnes de marbre negre. Dues escalinates bessones esculpides a la roca s'enfilaven cap al balcó, cargolant-se a les columnes de marbre.– Des d'allà dalt, Atrax imparteix les ordres i des d'allà també s'accedeix a les seves estances privades. Jo no vaig arribar a ser-hi mai, allà, però Mistral sí.

–Què? –va exclamar Alcuin.

–Mistral estava obligada a servir-lo per ordre d'Argo –va explicar Selina.

Alcuin va haver de fer un esforç per mantenir la calma mentre pensava en la seva mare esclavitzada. Va sospirar i finalment va dir:

–Continua, Selina, sisplau.

–Mistral em va explicar que passat el balcó hi ha una porta que dóna a una saleta amb pintures on hi ha la guàrdia personal d'Atrax.

–Quants són?

–Dos –va explicar–. Els haurem d'agafar per sorpresa perquè no puguin donar l'alarma, si no, tindrem a sobre la legió de Minotaures al complet.

–I després hi trobarem Atrax?

–Sí, exacte –va assentir Selina, amb un sobtat centelleig als ulls–. I amb ell també hi deu haver el Penjoll del Comandament. Tinc un compte pendent amb el Capità dels Minotaures, per tot el mal que ha fet al poble de la meva mare. Vaja, al *meu* poble! Avui, finalment, ha arribat el dia de retre comptes.

Alcuin va somriure en sentir parlar Selina com

la reina que, així ho esperava, tard o d'hora esdevindria.

Pujar fins al balcó de pedra va ser més fàcil del previst, gràcies a les capes de la Guàrdia de Palau.

Un cop allà, es van trobar davant d'una gran porta de fusta esculpida.

–Tingues ben a mà el punyal –va ordenar Alcuin a Selina, que va assentir i va amagar encara més el rostre sota la caputxa.

L'elf va respirar fondo abans de picar dues vegades, amb la mà preparada a l'empunyadura del seu Sabre del Destí.

Durant un moment no va passar res. La porta no es va obrir.

Alcuin va començar a notar una suor freda. Va mirar Selina, que tremolava sota la capa. Potser hi havia una manera de picar amb un codi? Potser ja estaven avisant Atrax?

Va aixecar la mà per trucar un altre cop, però abans de poder-ho fer la porta es va obrir.

Un Minotaure de la Foscor els va mirar de dalt a baix.

–Què voleu? –va grunyir.

–Ordres urgents de la Fortalesa –va dir Alcuin, esperant ser convincent.

El Minotaure va entretancar els seus ulls petits i rodons.

–Quines ordres? –va preguntar dubitatiu.

–Ordres de Sa Excel·lència el Comandant Argo per al Capità de la legió.

El guàrdia semblava desconcertat.

–No en sé res... –va murmurar–. Ningú m'ho ha anunciat.

–No hi ha hagut temps –va improvisar Alcuin, cada cop més nerviós–. Nosaltres també ens hem quedat sorpresos, però són ordres urgents de Sa Excel·lència en persona. Per això hem vingut aquí a corre-cuita sense avisar. Però, si no em creus, sempre pots anar-ho a preguntar al Comandant Argo. Imagino que estarà content de saber que ens has fet perdre tant de temps en xerrameca inútil!

–Jo... no, és clar... és clar que no... –va barbotejar el Minotaure, visiblement atemorit. Va fer un pas enrere i els va fer passar a una petita estança escairada, amb frescos i armes pesants a les parets.

Un cop dins, Alcuin no va esperar ni tan sols que Selina tanqués la porta darrere seu: es va treure la capa que li limitava els moviments i va desembeinar el Sabre del Destí. Amb un cop sec va fer caure l'empunyadura

sobre el cap del Minotaure, que, agafat de sorpresa, va caure desplomat a terra amb un gemec sufocat.

Mentrestant, Selina havia tancat ràpidament la porta i amb un gest sobtat havia apuntat el punyal contra el segon Minotaure, dret a prop d'un escriptori de fusta treballada.

–No obris la boca! –va comminar-lo. Per un instant, el guàrdia va semblar que no entenia què estava passant. Després, però, quan es va adonar que davant seu només hi havia dos joves elfs es va posar a riure.

–Capità! –va cridar–. Hi ha intrusos a palau!

Aleshores va saltar de costat i va arrencar una destral de la paret.

Alcuin, però, va ser més ràpid: va saltar damunt la superfície de fusta de l'escriptori i agafant embranzida es va abraonar des de dalt damunt del Minotaure.

–Senyor! Capità At...

El Sabre del Destí va caure sobre el guàrdia i va apagar la seva veu. Però ja era massa tard: la porta que conduïa a les estances del Capità dels Minotaures es va obrir de bat a bat i hi va aparèixer la silueta gegantina de la criatura amb la banya escapçada.

Atrax va mirar al seu voltant, estupefacte. Va fer un pas endavant, però Alcuin el va apuntar amb el Sabre del Destí i el va obligar a recular.

–No et moguis! –va ordenar el cavaller.

–D'acord, d'acord –va dir el Minotaure, observant l'elf–. Sembla que ens tornem a trobar, cavaller.

–Sí, però aquest cop no serà com la primera trobada, això t'ho puc assegurar!

–Ets només un pobre mocós! –va grunyir Atrax.

–Enrere! –va manar Alcuin, i pas a pas el va obligar a retrocedir i tornar cap a les seves estances privades.

Alcuin va examinar ràpidament tots els racons de l'habitació buscant algun possible enemic, però no va veure ningú. La seva mirada, però, aviat es va dirigir cap a una vitrina de vidre dintre de la qual hi havia dues espases. Les va reconèixer de seguida: eren Radjosa i Miratge. Va pensar en els seus dos amics presoners a la Fossa i va sentir que la sang li bullia a les venes.

Selina, mentrestant, havia lligat i emmordassat els dos Minotaures que feien guàrdia perquè, encara que recuperessin els sentits, no poguessin donar la veu d'alarma. Després es va acostar a Alcuin a l'estança del Capità dels Minotaures i es va treure la capa.

–*Tu!* –Atrax va ensenyar les dents, mirant-la amb ulls malvats.– Petit escurçó! M'havia d'imaginar que darrere de tot això hi havia la teva mà! Hauries fet millor d'amagar-te bé!

–No estàs en les millors condicions per dir-me què he de fer o no, traïdor! –va dir Selina amb un rampell d'orgull als ulls.

El Minotaure va riure fort.

–Ets clavada a ta mare! Fa anys em va dir les mateixes coses, saps? Sí, clavada a ella! Arrogant i beneita!

Selina va sentir que envermellia de ràbia. Va fer un pas endavant, però Alcuin la va aturar agafant-la d'un braç.

–Quieta! No cedeixis a les seves provocacions, és precisament el que vol –va murmurar a contracor–. No li donis aquesta satisfacció, Selina. Saps el que hem vingut a fer i no podem perdre temps.

L'Elfa de la Nit va dubtar, però tot seguit va assentir, de mala gana.

De seguida van trobar allò que estaven buscant: el

Penjoll del Comandament, encastat efectivament a l'armadura d'Atrax.

–Aaah, buscaves això! –va riure divertit el Minotaure, estudiant l'expressió en el rostre d'Alcuin–. Vet aquí per què has vingut aquí. Vols salvar els teus amiguets de les cadenes embruixades, oi?

–I no només a ells!

–Ah, és clar. Quin comportament tan noble, quin gest tan generós. Em commous, noiet, amb aquestes paraules tan belles. Aquests ideals. Aquesta grandesa d'esperit. Bah! –va exclamar el Minotaure–. Bestieses! Tot bestieses, de la primera a l'última! Coses per a ingenus somiadors!

–Això ja ho veurem! –El jove cavaller va fer un signe a Selina perquè es posés en un lloc segur i es va preparar per lluitar.

–Com vulguis, marrec –va grunyir Atrax–. Però per tenir aquest penjoll m'hauràs de guanyar, i t'asseguro que no serà gens fàcil! I quan t'hagi vençut, et posaré a treballar a la Fossa de costat amb els teus amics i el teu drac blau... Si és que encara són vius!

Fent un crit, Alcuin va aixecar el Sabre del Destí i es va llançar contra el Minotaure, que va desenfundar dues simitarres vermelles de vores dentades.

L'elf es va aturar, agafat de sorpresa: no s'esperava que el Minotaure sabés manejar dues espases alhora, però de seguida es va espavilar, esquivant un cop i ajupint-se cap a un costat per evitar l'altre.

–Sorprès de la meva habilitat? –va preguntar amb arrogància Atrax.

–Gens ni mica! –va exclamar Alcuin. L'instant de desànim ja havia passat: ell empunyava una Espasa del Destí forjada pels llegendaris Somiadors! Estaven igualats: només la destresa de l'un o de l'altre decantaria la balança.– T'hi hauràs d'esforçar més per guanyar-me! –va dir al Minotaure en to desafiador.

–Tu ho has volgut, noi! De seguida et satisfaig!

Una simitarra va xiular a pocs centímetres del cap d'Alcuin, que es va ajupir just a temps, i en aquella posició desequilibrada va haver d'afrontar ràpidament l'atac de la segona espasa.

L'escomesa del Minotaure va ser tan ràpida que la fulla vermella de la simitarra li va estripar la màniga.

–Alcuin! –va xisclar Selina. Va fer un pas cap a ell, però es va aturar, recordant els seus consells.

Els dos combatents havien tornat a estudiar-se a distància, girant en cercle. Atrax era més fort i tenia els braços més llargs: cada escomesa podia ser fatal per al

Cavaller de la Rosa de Plata. Però Alcuin sabia que tenia alguna cosa que contrarestava la superioritat física del Capità dels Minotaures: l'entrenament d'un veritable cavaller. La capacitat de mantenir la lucidesa, la tàctica, a més de la convicció d'actuar per al Bé.

Amb un salt, Atrax es va llançar contra ell, però el cavaller es va anticipar al moviment: va girar sobre si mateix, es va ajupir a terra i amb el Sabre del Destí va colpejar ben fort el genoll del Minotaure.

Atrax va cridar de dolor.

–I ara què? –va preguntar l'elf. Es va posar dret i va somriure satisfet.– Qui és el més hàbil de tots dos?

–Me les pagaràs! –va cridar el Capità dels Minotaures.

Les simitarres van volar cap a Alcuin amb una rapidesa impressionant.

Una escomesa i després una altra. El Minotaure estava fora de si. Atacava a cegues, sense pensar en el que feia. Una, dues, tres vegades. No va encertar cap de les estocades, però estava tan enfurismat que a Alcuin li era molt difícil preveure els seus moviments.

Aleshores tot es va precipitar ràpidament.

Atrax va udolar, ple de còlera, i després de l'enèsim cop al buit va aferrar per l'empunyadura una de les dues simitarres com si fos una javelina i la va llançar contra Selina!

Però a l'últim moment, Alcuin va endevinar les intencions del Minotaure i amb un salt es va tirar sobre l'Elfa de la Nit.

L'impacte va ser violent.

Alcuin havia arribat primer i havia empès a terra Selina, mentre la simitarra vermella li tallava un manyoc de cabells.

El cor de l'elf bategava tan fort que semblava que volgués sortir-li del pit. Per un moment havia pensat que la perdria per sempre.

Però encara no s'havia acabat tot.

Atrax s'estava llançant contra ell amb l'altra simitarra.

Alcuin no va tenir ni temps de pensar: va aixecar el seu Sabre del Destí i aquesta vegada va ser ell qui el va llançar contra l'enemic.

Va ferir el Minotaure en ple pit i va trencar el Penjoll del Comandament, que va deixar anar una flamarada vermella. La simitarra que Atrax estrenyia al puny es va esberlar en desenes de fragments.

El Minotaure va emetre un crit esgarrifós, envoltat d'altes flames d'un vermell intens, i va caure a terra desplomat.

Alcuin l'havia vençut.

21
A la Fossa

Les cadenes embruixades es van trencar de cop i centenars d'estelles escarlates van sortir disparades per totes bandes. Al mateix temps, les mans d'Alena i Zordan van parar d'excavar. Els dos cavallers van sospirar alleujats i es van deixar caure a terra, exhaustos.

–S'ha acabat! –va esbufegar Zordan–. Alcuin ho ha aconseguit!

Va aixecar un braç i se'l va mirar, incrèdul.

Alena estava desencaixada. Tenia la cara pàl·lida i marcada, però somreia.

–Ho sabia, que Alcuin se'n sortiria!

Es van aixecar, trontollant. Al seu voltant començaven a arribar crits plens de sorpresa i estupor. El Penjoll del Comandament devia haver obert tots els tancaments embruixats alhora, i ara qui encara tenia forces buscava d'allunyar-se d'aquell lloc monstruós.

–Alena, mira! –L'Elf Viatger va assenyalar l'entrada de la Fossa.

Els elfs en fuga s'havien aturat de cop: algú estava obstruint el pas sota l'arc de pedra per impedir que fugissin.

–Són Minotaures! –va exclamar la nimfa. Va provar d'aixecar-se: se sentia increïblement feble, però va intentar fer el cor fort.– Els estan rodejant. Es deuen haver adonat que passa alguna cosa amb les cadenes encantades.

–Els hem d'ajudar!

–Però com? –va preguntar Alena, desanimada–. No tenim força, què podem fer nosaltres sols?

–No estem pas sols! Som molts, Alena! –va dir Zordan–. Mira al teu voltant: som més que tots els Minotaures junts! Si en comptes d'escapar-nos ens unim en un grup compacte i ens hi enfrontem, potser tindrem més possibilitats de sortir-nos-en!

–Amb pales i bastons contra espases, llances i maces de ferro? –li va fer notar la nimfa.

–Sempre serà millor que deixar-se capturar sense haver-ho intentat, oi? –va respondre Zordan, tot decidit–. La llibertat que aquesta gent vol reconquerir es troba a l'altra banda d'aquell arc, i estic segur que està disposada a fer qualsevol cosa per obtenir-la! I nosaltres els cavallers serem al seu costat!

–Tens raó –va assentir la nimfa–. Estic amb tu. Què penses fer?

Zordan es va enfilar per la muntanya de detritus en el qual havia excavat durant gairebé dos dies seguits. Va trobar dues pales ja inutilitzables, amb la punta de ferro tota abonyegada i rovellada. Però s'havien de conformar amb el que tenien. En va agafar una per a ell mateix i va llançar l'altra a Alena.

–Segueix-me –la va animar amb un gran somriure–. Hem de mostrar a aquests elfs com lluiten els veritables Cavallers de la Rosa de Plata!

I junts, corrents, es van llançar cap a l'entrada de la Fossa.

Alcuin va agafar una estatueta i la va tirar contra la vitrina que contenia les dues Espases del Destí d'Alena i Zordan.

Els vidres es van escampar pertot arreu.

Alcuin les va tocar amb delicadesa: Radjosa i Miratge van vibrar lleument i, gairebé com a resposta, el Sabre del Destí que l'elf tenia al costat va emetre una feble resplendor.

–Us retornaré als vostres cavallers –va murmurar Alcuin ficant-se-les al cinturó. Tot seguit es va girar cap a Selina.

L'elfa estava mirant Atrax d'esquena a terra, i semblava encara molt trasbalsada pel que havia passat.

–Et trobes bé? –li va preguntar el cavaller, acostant-se-li. Li va tocar un braç i ella es va sobresaltar.

–Estic... estic una mica espantada, només –va dir–. Ha anat de ben poc.

–Ho sé, però tot ha sortit bé. Ara hem de pensar en allò que ens espera. Encara no s'ha acabat, Selina, només som al principi. Et veus amb cor?

L'elfa va fer que sí amb el cap, mirant de recuperar la seguretat perduda. Aleshores va seguir el seu company, que ja baixava per la Fossa.

Alcuin tenia un objectiu precís: havia de trobar Ullsdor. Era l'única possibilitat que els quedava per acabar per sempre amb el regne de terror del Comandant Argo.

Es va llançar en una cursa frenètica pels passadissos de la Ciutat Subterrània, però quan va arribar a l'arc de pedra que marcava l'entrada a la Fossa es va aturar de cop: estava sent assetjada! Els Elfs de la Nit, lliures de cadenes, lluitaven contra els Minotaures de la Foscor.

De sobte alguna cosa li va cridar l'atenció: a terra s'estaven obrint profundes esquerdes, que els cavallers van reconèixer amb horror.

–Els Obscurs de la Terra! –va cridar.

–Alcuin, si aquests monstres del subsòl arriben aquí el meu poble estarà perdut! –va exclamar Selina, desesperada–. Què fem?

L'elf no ho sabia..., però tot d'una, un raig d'esperança li va il·luminar la mirada.

–Mira, Selina! És Zordan!

L'Elf Viatger s'havia enfilat en un sortint de roca a prop de l'arc de pedra i estava encoratjant els Elfs de la Nit a no rendir-se. Als peus de l'arc, Alena estava fent recular dos Minotaures que intentaven arribar on hi havia els rebels.

–Endavant! –cridava Zordan–. Som més que ells! Ho aconseguirem!

Una fletxa va xiular a pocs centímetres de la seva orella, però l'elf va ser prou ràpid per esquivar-la.

–Ens estan atacant amb els arcs! –el va avisar Alena.

–Ja ho he vist, però ara no ens podem rendir! Lluitem, amics! –va cridar Zordan–. Els Cavallers de la Rosa de Plata us fem costat!

En aquell moment va veure dos enormes Minotaures que estaven a punt d'abraonar-se sobre una Elfa de la Nit i la seva filleta, agenollades a terra i plorant. Un dels dos va aixecar l'espasa, a punt de colpir-les.

–Ni t'atreveixis, desgraciat! –va cridar Zordan, tremolant d'indignació, i abans que el Minotaure pogués fer un gest, se li va llançar al damunt.

Va aterrar amb tot el seu pes justament sobre les espatlles de l'enemic, que va acabar a terra.

Zordan el va atacar, però no va tenir temps de tornar-se a alçar que l'altre Minotaure ja li queia a sobre.

–Vigila, Zordan! –el va avisar Alena. Va intentar acostar-s'hi per ajudar-lo, però hi havia massa confusió: tothom cridava, lluitava, tirava pedres i grava, i la pols impedia la visió.

El Minotaure repartia cops sense parar amb la seva llarga espasa negra. Zordan va poder parar alguns cops amb la pala, però al final el mànec va cedir i l'elf es va trobar desarmat. Obligat a retrocedir, es va entrebancar amb una esquerda del terreny. Li va semblar veure una mà amb urpes que emergia de terra, però no n'estava segur.

–Mor, cavaller! –va cridar el Minotaure amb un somriure sinistre, a punt per assestar el cop de gràcia.

Zordan va pensar que li havia arribat el final...

En aquell moment, una resplendor va travessar l'aire. Alguna cosa havia caigut als seus peus. Semblava... *era* una espasa!

El cavaller la va agafar i va poder parar l'escomesa de l'enemic, i després va respondre amb una estocada que va enviar el Minotaure a terra.

Només aleshores Zordan es va adonar que l'espasa que estrenyia a la mà era... Radjosa!

Va mirar al seu voltant, sense entendre-ho, fins que al mig de la multitud d'elfs va entreveure dos ulls negres que el miraven amb preocupació.

Alcuin! Havia estat ell, sens dubte! Zordan va sospirar alleujat: si arriba a trigar uns segons més...

–Gràcies, amic meu –va dir l'Elf Viatger, quan se li va acostar.

–Sóc jo qui t'he d'estar agraït –va murmurar Alcuin–. O millor dit, que m'he de disculpar. És culpa meva, si esteu en aquesta situació.

–Alcuin! Alcuin! –Alena va aparèixer enmig d'aquell remolí d'espases i crits, i el va anar a trobar.– Ho has aconseguit! Ens has salvat!

–Tinc una cosa per a tu –va dir ell, mentre li donava Miratge–. No hauràs de tornar a lluitar amb un tros de fusta.

–Ara, però, hem de sortir d'aquí –va intervenir Zordan–. Hem de treure tota aquesta gent de la Ciutat Subterrània!

Alena va assentir.

–Aviat arribaran més reforços, no resistirem gaire més!

–Jo no puc, però vosaltres sí. –Alcuin va mirar amb fermesa la resta de cavallers.

Alena va fer que no amb el cap, pensant que no l'havia entès.

–Què vols dir?

–Ullsdor és aquí baix. Està presoner d'Argo i jo l'he de salvar! No és el millor moment per explicar-vos-ho, però creieu-me: hi ha en joc la seguretat de tot el Regne de la Fantasia.

Alena i Zordan no van preguntar més, no hi havia temps. Van confiar en ell, i van veure com s'allunyava juntament amb Selina.

Ullsdor encara era on l'havien deixat feia hores. El van reconèixer de seguida, des de la vora de la Fossa: el morro abaixat, els ulls buits, el collar negre que brillava i bategava, la boca oberta i la cua que trencava roques amb una ràbia insòlita.

–No ha funcionat! –Alcuin es va enfonsar.– Mira'l, encara que hàgim destruït el Penjoll del Comandament, continua excavant com si res no hagués canviat!

–Probablement el medalló controlava només les cadenes dels esclaus però no els collars negres –va rumiar en veu alta Selina.

–Mi-te-la que preciosa, la meva nebodeta.

Alcuin i Selina es van girar de cop.

Darrere seu, enmig de quatre Obscurs de la Terra i de dues Mantícores, hi havia un elf que Alcuin no havia vist mai abans. Però no va trigar gaire a endevinar qui era. S'assemblava molt a Selina, tret del color dels ulls: ella

els tenia clars i purs com el cristall, i ell, negres i profunds com el carbó, amb un tatuatge en forma de teranyina que els emmarcava.

–Argo! –Alcuin va fer cruixir les dents.

–Tiet... –va murmurar Selina, fent un pas enrere.

Argo va somriure. Era un somriure gèlid i cruel.

–Així que has hagut de demanar ajuda als Cavallers de la Rosa de Plata per conquerir el meu tron?

–El *teu* tron? –Selina va tancar fort els punys.– El tron de la meva mare, deus voler dir! El que tu vas usurpar embrutant-te les mans amb la seva sang! Traint-nos a tots! En només uns dies vas destruir milers d'anys d'història, de llegendes i de tradicions. I només pel teu egoisme i les teves ànsies de poder! –va dir d'una tirada, amb els ulls encesos per les llàgrimes contingudes. Tremolava.

–En fas un drama, estimada neboda –va riure Argo, liquidant aquelles paraules amb un gest d'enuig amb la mà–. Només vaig agafar el que per dret em pertanyia. Havia de ser *jo*, l'hereu! *Jo*, el senyor de la Fortalesa de la Lluna i del Niu del Sol!

–Tu ens vas robar tot això!

–Jo ho vaig *agafar*, hi ha una gran diferència –va puntualitzar Argo–. Si la teva mare va ser tan beneita per no voler fer servir els grans poders de l'Espasa de Cristall i de l'Anell de Llum, va ser cosa seva! Va demostrar que era dèbil, i una il·lusa, a més! Era indigna d'aquells objectes i va fracassar!

Selina, estranyament, va somriure.

–Fracassar? –va repetir gèlida–. La meva mare et va vèncer, tiet, va amagar aquell objecte màgic en un lloc on tu no el trobaràs mai! Et va guanyar! Al final, va ser més llesta que tu! Qui dels dos ha fracassat, en veritat?

El somriure arrogant als llavis d'Argo es va apagar de cop.

–Veig que t'assembles a ta mare –va dir–. Vaig cometre un error, deixant-te viure tots aquests anys. Pensava que només eres una nena inútil. Però ara veig que m'equivocava. Ja has parlat massa! I ho pagaràs molt car!

Va aixecar una mà i, responent a aquella ordre, els monstres d'argila i roca i les Mantícores es van llançar contra els dos elfs.

22
L'AMAGATALL SECRET

Els Elfs de la Nit que escapaven, conduïts per Alena i Zordan, formaven un grup cada cop més nombrós. Esclafada la resistència dels Minotaures que bloquejaven l'entrada de la Fossa, es van dirigir per les galeries de la Ciutat Subterrània com una onada en un mar tempestuós.

Els Minotaures ja no els controlaven i, ben aviat, aquell petit exèrcit improvisat va arribar a la Fortalesa de la Lluna. En els sumptuosos passadissos del palau, fins aleshores immersos en la penombra i el silenci més absolut, van ressonar els crits d'alegria dels fugitius.

–Per aquí! –els va encoratjar Zordan, indicant la direcció amb la seva Espasa del Destí–. Aviat sereu tots lliures! Podreu tornar als vostres pobles i a les vostres cases!

Alena tancava el grup per cobrir la fugida, atenta que ningú no es quedés enrere o caigués en mans dels Minotaures:

–Afanyeu-vos! Seguiu el cavaller de l'espasa. No us atureu! –els animava–. Estem a un pas de la llibertat!

Però just aleshores, un violent terratrèmol va fer tremolar tota la fortalesa. Unes esquerdes profundes es van obrir de cop i volta al terra de marbre, amb el perill d'empassar-se alguns elfs.

Alena es va llançar cap a un dels precipicis, estenent la mà a un jove elf que estava a punt de cedir i caure al buit.

–Zordan, ajuda'm! No els puc salvar a tots!

El cavaller s'hi va acostar i junts van aconseguir salvar tots els elfs. Però les sotragades continuaven: alguna cosa sacsejava la roca de les Muntanyes sense Temps i obria bretxes al terra de la Fortalesa de la Lluna. Una pluja de fragments de pedra va caure damunt del grup de fugitius, enmig de xiscles i crits.

–S'està enfonsant el terra!

–Tothom fora!

–De pressa!

Aleshores una noieta va assenyalar aterrida més endavant.

–Mireu!

Unes mans gegantines, proveïdes d'urpes de pedra esmolades, s'obrien pas a terra.

Alguna cosa espantosa estava emergint de les entranyes de la terra!

En veure la criatura que havia aparegut davant seu, Alena i Zordan es van quedar blancs, però de seguida es van refer i es van interposar entre aquell monstre del subsòl i els Elfs de la Nit que, aterrits, intentaven fugir per on podien.

–És un Obscur de la Terra! –va dir esbufegant Zordan, impressionat–. I n'estan sorgint més!

Alena va recular. De sota terra apuntaven desenes de braços.

–Però quants són? D'on vénen?

–Són criatures del subsòl, Alena... i n'hi ha molts –va empassar-se la saliva l'Elf Viatger–. Ens hem d'inventar alguna cosa... i potser ja sé quina! Veus aquells cristalls vermells que tenen al mig del front?

Alena va fer que sí amb el cap.

–Una vegada el meu pare em va explicar que l'energia vital dels Obscurs està concentrada en aquelles pedres. És allà on hem d'atacar.

–El problema és com arribar-hi... Necessitem alguna maniobra de distracció –va reflexionar la Nimfa dels Boscos.

–Provem d'atacar-los nosaltres junts: una mena

d'atac combinat. Que un de nosaltres cridi l'atenció del monstre i que l'altre l'envesteixi per darrere. Què et sembla?

Al seu voltant, els esfondraments cada cop eren més freqüents. Altres criatures de roca i argila havien aparegut del no-res i llançaven rugits esfereïdors.

No hi havia temps per concebre altres plans.

–Intentem-ho, doncs –va acceptar Zordan.

I es van llançar contra el primer Obscur.

Les Mantícores van xiular furioses. Alcuin va tenir el temps just per llançar-se de costat i evitar les urpes d'un Obscur de la Terra, que amb un cop de puny va estar a punt de tocar-lo de ple.

Selina va fer un crit, però abans de poder fer alguna cosa per ajudar l'elf va ser encerclada per les famèliques Mantícores.

–T'agraden els meus estimats cadells, nebodeta? –Argo semblava passar-s'ho la mar de bé.– Els crio jo personalment.

–Els teus monstres, voldràs dir! –va gemir Selina.

–Oh, bestieses. Mira'ls bé, no veus que són ben bufonets? I molt obedients! –va riure el Comandant–. Només els haig de dir «mengeu-vos-la viva» i ho faran!

–Escapa't, Selina! –va cridar Alcuin, però ja era massa tard.

La noia, amb l'esquena contra la paret, no tenia escapatòria: a la seva dreta s'obria el precipici de la Fossa, a l'esquerra s'aixecava una paret plena d'inscripcions. I, davant seu, hi havia les Mantícores, amb les seves cues de rèptil que espetegaven a terra i les menudes ales negres de ratpenat que es bellugaven en l'aire.

Alcuin va tractar d'arribar fins a l'elfa: va rodolar per terra, evitant per ben poc que un cop de puny d'un

Obscur l'esclafés, es va aixecar ràpidament i fent un salt va tallar netament la cua d'una Mantícora. Va caure malament a prop de Selina, però de seguida es va alçar.

–Alcuin, estàs bé? –va preguntar, esbufegant.

Ell va assentir.

–I tu?

–Sí, però estem atrapats! No tenim escapatòria!

–N'hi ha una...

Alcuin va mirar avall, cap a la Fossa. Era un bon salt, però amb una mica de sort les muntanyes de detritus i grava mitigarien la caiguda i només es farien algunes esgarrinxades.

Selina, que l'havia seguit amb la mirada, va esbatanar els ulls.

–Vols... saltar?! –va preguntar, incrèdula.

–És l'única manera, Selina.

–Però acabarem a la Fossa amb els grius i els dracs! És massa perillós!

–Sempre serà millor que esperar que ens esclafi un Obscur o que ens mossegui una Mantícora. I, a més, allà sota hi ha Ullsdor! Jo el despertaré, Seli-

na! L'alliberaré del son embruixat i faré que lluiti al nostre costat!

Mentrestant, Argo el mirava amb un somriure triomfal.

–Adéu per sempre, neboda meva –i va abaixar la mà.

A aquell senyal, els Obscurs de la Terra i les Mantícores es van llançar contra Selina i Alcuin.

–No hi ha temps! Ara, Selina! –va cridar el Cavaller de la Rosa de Plata, i agafant-la per la mà es va llançar a la Fossa.

Van aterrar amb un so sord. L'elfa va rodolar per un vessant de la muntanya de detritus, i el cavaller per un altre.

Alcuin va sacsejar el cap, atordit. Va intentar alçar-se, però de seguida es va quedar immòbil, de genolls, intentant no moure ni un sol múscul. Havia anat a parar a pocs metres d'Ullsdor.

–Amic meu... –va murmurar.

El gran drac blau el mirava fixament amb ulls buits i apagats. Tenia les ales desplegades, el coll tens, la boca oberta, les urpes enfora, el cos a punt de saltar. Era una visió majestuosa i terrible: per primera vegada a la vida, Alcuin va tenir por del seu drac blau. Era cert que ja no el reconeixia? Era cert que aquell collar embruixat havia esborrat de la memòria d'Ullsdor tots els bons moments que havien viscut junts?

–Ullsdor –va murmurar–. Ullsdor, sóc jo. Sóc Alcuin.

Però el drac blau es va quedar impassible; semblava esculpit a la pedra. L'elf es va estremir de ràbia, decepció i amargor. Tot era culpa seva! Si hagués actuat amb més sentit comú no hauria posat en risc la vida d'Ullsdor, d'Alena, de Zordan ni tampoc la de Selina! Va sentir les llàgrimes que intentaven sortir per les comissures dels ulls, però les va empènyer cap dins. Havia de reaccionar.

Aleshores va dirigir la mirada a la paret del darrere d'Ullsdor, on destacaven les paraules de la llegenda, que la maga havia pronunciat abans de crear l'Espasa de Cristall. Era una invocació a la Llum. Una invitació a la justícia, a la veritat i a la pau. I era justament per aquells ideals que lluitava. Havia de tenir fe!

–Torna, Ullsdor! –va cridar aleshores, alçant una mà com si volgués acariciar el seu company de tants i tants vols–. Busca'm en els teus records. Escolta la meva veu, no la reconeixes?

A aquelles paraules, el drac blau va bellugar el cap. Semblava confós: de qui era aquella veu? Ja l'havia sentida? No, impossible. Havia d'excavar i prou. Va rugir.

Després, com empès per una força estranya, amb una rapidesa sorprenent, es va girar per colpejar Alcuin amb la cua.

–Surt!

L'elf va sentir que l'agafaven per la cintura i que el llançaven bruscament de costat. La pols li va omplir els ulls i la boca. Va tossir un parell de vegades i només aleshores va veure l'Elfa de la Nit al seu costat.

–Selina...

–Reacciona, Alcuin! –va cridar ella–. Argo no trigarà a arribar amb els Obscurs i les Mantícores! Ja és a l'altre vessant de la Fossa! No ens queda temps per despertar Ullsdor!

–Jo... no...

–Entenc el que sents, però has de fer el cor fort. Sé que tens por de ferir-lo, però només si trenquem aquell collar el teu drac tornarà a ser com abans.

Alcuin va fer un gest d'assentiment amb el cap. Selina tenia raó: aquell no era el veritable Ullsdor i depenia d'ell despertar-lo!

Els dos elfs van intentar encerclar el drac, de manera que un d'ells el pogués sorprendre per darrere i tractar de trencar-li el collar.

A Ullsdor, però, només li calia alçar el vol per desbaratar les seves maniobres, això sense comptar que el veritable perill era la cua: fuetejava d'una banda a l'altra d'una manera imprevisible.

Aleshores la terra va tremolar i, un cop més, diverses mans d'argila i roca van sorgir de terra.

–Ja arriben! –es va desesperar Selina–. No tenim més temps, Alcuin!

–Ullsdor! –va cridar ell–. Confia en mi! –i es va llançar cap al seu amic drac, amb les llàgrimes que li solcaven el rostre però amb un somriure d'esperança als llavis.

Ullsdor, estranyament, va recular.

–Alcuin, què vols fer?! –va cridar Selina.

–Tot el que pugui!

Ja no li importava res més: si aquell havia de ser el seu últim gest, seria el més noble. Potser moriria, però ho hauria fet intentant salvar el seu amic.

Ullsdor va bramar, sorprès. Va arrencar a volar i va retrocedir maldestrament, i al final va anar a parar contra la paret darrere seu.

Una esquerda lluminosa es va obrir a la paret; la roca es va esmicolar. Tothom es va quedar immòbil.

Darrere la inscripció daurada amb les impenetrables paraules de la maga va aparèixer una cavitat secreta! Una llum encegadora va il·luminar la penombra.

Els Obscurs es van aturar, les Mantícores van rugir rabioses i Argo va gemegar protegint-se els ulls amb una mà.

Semblava la llum de milers de sols.

Era la llum de l'Espasa de Cristall!

23
L'Espasa de Cristall

La llum era intensa i centellejava com si estigués viva: un cor bategant i lluminós.

Tot semblava haver-se parat en el mateix moment en què l'Espasa de Cristall havia reaparegut.

–Increïble... –va murmurar Alcuin, sense alè.

Ullsdor també observava l'espasa, hipnotitzat per aquella resplendor enlluernadora, com si de sobte la foscor que emboirava la seva ment s'hagués esvaït.

Esculpida en un bloc compacte de pur cristall transparent, la fulla de l'Espasa de Cristall era clara com l'aigua de font i curiosament dentada a les vores, que recordava gairebé una flama que crema en espurnejos brillants.

Però l'empunyadura encara era més espectacular: en el punt on s'unia a la fulla, dues ales de fènix, símbol de la Llum, brillaven amb reflexos de tots els colors de l'arc de Sant Martí. L'empunyadura es transformava després en el llarg coll del fènix, i en el pom en què acabava hi havia el cap. I allà, serrat al bec obert, refulgia l'Anell de Llum...

–És ella! –Selina va fer un pas endavant, amb la veu tremolosa de l'emoció.– L'espasa de la meva mare! L'Espasa de Cristall!

Els Obscurs de la Terra, espantats per aquella llum enemiga de la seva naturalesa de criatures de la foscor, van intentar, després d'un instant de dubte, endinsar-se novament en el subsòl. També les Mantícores van retrocedir, temoroses.

Argo no. S'havia quedat impassible, i mirava fixament l'espasa amb ulls àvids.

–Després de tants anys... és aquí, finalment! –va exclamar triomfant–. L'espasa que em pertany de dret! La *meva* espasa! Amb aquesta arma ningú em podrà discutir el domini sobre el Reialme de la Nit Eterna!

I va començar a córrer. Volia aquella espasa, la volia tant sí com no.

–Atura't! –va cridar Selina, sortint a empaitar-lo.

–No t'hi fiquis, ximpleta! No m'aturaràs!

–És l'espasa de la meva mare! No permetré que l'empunyis tan fàcilment! I menys després de totes les coses horribles que has fet!

–No em cal el teu permís, nebodeta –va rugir Argo–.

Jo, el que vull, ho agafo! –i dient això es va aturar, barrant-li el camí i mirant-la amb una riallada cruel–. No et rendeixes, oi? Ara ho veuràs! Mantícores! Atureu-la! Mateu-la! Feu el que vulgueu, no m'importa! Però aparteu-la d'enmig!

En sentir l'ordre, els dos felins monstruosos van despertar del seu propi terror. Es van abraonar sobre Selina, amb les seves llargues llengües bífides que xiulaven en l'aire.

Aviat van situar-se darrere de l'elfa. La princesa podia sentir-ne l'alè repugnant al clatell.

Es va girar, en l'instant exacte en què les Mantícores van saltar sobre ella grunyint...

Zordan s'havia ofert com a esquer per distreure l'Obscur de la Terra, mentre Alena encerclava la criatura per atacar-la per darrere. La nimfa esperava el moment oportú per saltar sobre l'esquena de l'Obscur, però havia de vigilar: nombroses punxes d'obsidiana negra tallants com ganivets creixien a les espatlles del monstre.

Després d'un gest d'entesa amb Zordan, Alena va estrènyer més fort l'Espasa del Destí per encoratjar-se i va agafar embranzida.

–Ara! –va exclamar, saltant damunt les espatlles del monstre i agafant-lo pel coll. Però el primer intent de ferir amb l'espasa el cristall que l'Obscur tenia al front va anar a parar en el buit.

La criatura, després d'un primer moment de desconcert, va intentar esclafar Alena contra les parets de la Fortalesa de la Lluna, i va ser aleshores que Zordan es va llançar també a l'atac.

–Vigila amb els braços! –el va avisar la nimfa.

Massa tard: un dit amb urpes va ferir l'Elf Viatger i el va llançar violentament a terra.

–Zordan! Estàs bé? –va cridar Alena.

En els ulls de l'Obscur va centellejar un odi profund, i duent-se una mà darrere l'esquena va intentar també engrapar la nimfa.

Però ella va ser més ràpida: amb Miratge, d'un tall net va partir dos dits de la criatura.

–Alena, intenta atacar-lo ara que es troba en dificultats! –va cridar Zordan amb tot l'alè que li quedava a la gola.

La nimfa va fer giravoltar l'espasa davant dels ulls negres del monstre d'argila. I aquesta vegada la fulla va topar contra una superfície dura i compacta... i s'hi va enfonsar!

Del cristall va brollar un líquid vermell i incandescent.

El temps va semblar aturar-se.

Els Elfs de la Nit que s'havien amagat on podien, dins d'estances abandonades, entre fornícules buides i estàtues trencades, van treure el cap dels seus amagatalls, aguantant-se la respiració. Zordan mirava l'escena amb els ulls ben oberts.

La criatura d'argila i roca va fer algun pas vacil·lant, i després, amb un gemec espantós, va caure a terra sense vida i es va esmicolar en centenars de fragments no més grans que una pedra.

–Alena! –va exclamar Zordan acostant-se a ella–. Com estàs? Et trobes bé?

La nimfa somreia, radiant.

–Ho hem aconseguit! Ens n'hem sortit!

De terra emergien més mans amb urpes de pedra, però després d'aquella victòria els fugitius semblaven haver recuperat la confiança en ells mateixos i van sortir dels seus refugis improvisats. N'hi havia que duien a les mans pedres amb formes punxegudes, d'altres velles pales, o bastons. Ells també volien lluitar pel reialme que estimaven! Quedaven encara molts Obscurs amb qui enfrontar-se, però ara sabien que era possible derrotar-los!

Els dos Cavallers de la Rosa de Plata van sentir admiració per aquell poble que havia passat tants anys sota l'esclavitud, però que mantenia encara l'esperit noble i combatiu.

–Junts ho aconseguirem! –va cridar Zordan aixecant l'Espasa del Destí.

La terra va tornar a tremolar, però aquesta vegada qui la va sotragar van ser els crits de batalla dels Elfs de la Nit.

–Selinaaa! –va cridar Alcuin.

L'elfa s'havia girat just a temps per veure com les Mantícores li queien al damunt i instintivament havia llançat l'únic punyal que duia a sobre: la fulla de l'arma s'havia clavat xiulant al pit d'un dels dos felins, però l'altra fera encara l'empaitava. No hi havia cap manera d'aturar-la.

Després, sense gairebé ni adonar-se'n, Selina es va trobar Alcuin davant seu, que li feia d'escut amb el cos.

–Corre! –va cridar l'elf–. Has d'arribar a l'Espasa de Cristall abans que Argo!

Selina va obeir: ara no es podia rendir... Va sentir una escalfor inexplicable que li cremava al pit, i en resposta li va semblar que l'Espasa de Cristall havia començat a brillar amb més intensitat.

Argo s'estava enfilant per una muntanya de grava i roca per arribar fins a l'espasa.

L'elfa, més àgil, de seguida es va situar darrere seu.

El Comandant, veient que se li acostava, la va fer rodolar contra pedres i rocs per impedir que continués corrent, però cada cop tenia Selina més a prop.

Faltaven pocs metres. Argo i Selina estaven separats per pocs centímetres.

La jove elfa tenia la mirada fixa a l'espasa. Només havia d'allargar la mà...

...gairebé hi era...

Aleshores la il·lusió es va fer miques.

Argo havia estès la mà abans que ella i havia agafat l'Espasa de Cristall. L'havia agafat *ell*.

Amb un crit triomfal, el Comandant es va girar cap a Selina i va apuntar contra ella la fulla de cristall.

–Ara moriràs!

24
El vol dels fènixs

La batalla s'intensificava a la Fortalesa de la Lluna, enmig d'un brogit d'espases, bastons, roques i pols. Zordan i Alena guiaven els Elfs de la Nit en l'atac als Obscurs que continuaven sorgint del subsòl, projectant llargues ombres tètriques sobre les antigues parets de pedra.

Els fugitius s'enfrontaven a les terribles criatures d'argila i pedra amb tot el que tenien a disposició: trencaven vidres de les finestres i en feien armes amb els fragments punxeguts, i les portes que arrencaven les transformaven en escuts.

–Són molts! Ens estan encerclant! –va cridar la nimfa.

–No ens podem rendir! –la va esperonar Zordan–. Hem de resistir! Per l'honor dels cavallers –va cridar.

–Pel coratge dels cavallers! –va respondre Alena.

Fent un crit van tornar al combat tot esperant que

Alcuin actués de pressa... altrament seria la fi per a tots ells.

Alcuin va cridar i el seu xiscle va omplir la Fossa de la Ciutat Subterrània. L'Espasa de Cristall ara l'empunyava el seu mortal enemic, apuntant contra Selina. L'elf va intentar arribar-hi, però just aleshores la cua d'Ullsdor el va projectar molts metres enllà.

–Selina! –va cridar, mirant d'aixecar-se de terra.

La boca d'una Mantícora es va obrir tot d'una davant la seva cara. Amb l'única força de les seves pròpies mans, Alcuin va apartar els ullals afilats d'aquella horrible criatura.

–Ho he... d'aconseguir... –va dir serrant les dents. Si hagués recuperat Mistral! Se li havia escapat de la mà mentre queia a terra. Alcuin la va buscar de reüll: era allà, a pocs passos.

Havia de córrer el risc.

Deixant de forcejar amb el morro del felí, es va estirar bé per agafar el Sabre del Destí. La boca de la Mantícora es va tancar sense encertar-lo de ben poc, però les seves urpes esmolades es van dirigir cap a ell i li van esgarrapar l'espatlla dreta.

L'elf va fer un crit, però ara ja tenia Mistral a la mà. La va estirar cap a ell i girant el tronc la va llançar contra la Mantícora, que va caure rodona a terra.

–Selina! Selina! –va cridar Alcuin, buscant-la amb la mirada.

L'Elfa de la Nit estava estesa a terra, als peus d'Argo, i reculava bregant per trobar una arma.

Alcuin va sortir llançat cap a ells, però el Comandant, en veure'l arribar, va aixecar enlaire l'Espasa de Cristall.

–Drac blau! –va invocar. L'Anell de Llum encastat a l'empunyadura va brillar i una esgarrifança va sotragar Ullsdor.– Drac, t'ordeno que matis ara mateix el cavaller!

–No! –es va desesperar Selina.

Alcuin es va tombar cap a Ullsdor, i es va adonar que per a ell ara començava la *veritable* batalla. La batalla contra el seu amic drac! L'Anell de Llum era capaç de dominar qualsevol voluntat: Ullsdor estava completament sotmès al seu poder.

–Atura't, Ullsdor! –va implorar–. Resisteix! Sé que em pots sentir! Jo et conec! Confio en tu! Sé que n'ets capaç!

El drac blau va vacil·lar: semblava que estigués lluitant contra si mateix, contra les emocions que aquella veu despertava en el seu cor.

–Les teves paraules no serviran de res! –va riure el Comandant–. Mata'l, drac blau! Devora'l immediatament! Fes-ho o t'obligaré a excavar fins a la mort!

Aprofitant aquell moment de distracció d'Argo, Selina va saltar cap a ell. Havia agafat un grapat de sorra i el va llançar contra els ulls negres del Comandant.

Argo, cegat, va començar a agitar furiosament l'Espasa de Cristall, però Selina no es va deixar intimidar: se li va acostar i va estirar la mà cap a l'espasa.

La *seva* espasa!

L'arma que havia costat la vida a la seva mare i que li corresponia de ple dret!

Finalment, l'Elfa de la Nit va tocar l'Espasa de Cristall...

Alcuin es va portar les mans als ulls. Tot al seu voltant havia esdevingut pura llum.

Intensa!

Bellíssima!

Resplendent!

No veia res més. Ja no sentia els crits dels Obscurs, Ullsdor s'havia esvaït, ni tan sols hi havia Argo. No quedava ningú. Estava sol, en contacte amb aquella llum càlida i tranquil·litzadora.

Què estava passant? Va fer un pas cap a la font d'aquella resplendor, però es va aturar. Una silueta havia aparegut al bell mig d'aquell esclat lluminós.

Era una noia jove. Era preciosa i semblava feta de pura llum. Planava en l'aire, envoltada d'un remolí de vapors lluminosos que a poc a poc van adoptar una forma cada cop més definida... semblaven fènixs flamejants en vol.

Aleshores la noia va obrir els ulls. Eren daurats. Dolços, amables, serens.

–Tot això és mèrit teu, Alcuin! –va dir la misteriosa figura amb la veu, ara l'elf n'estava segur, de Selina.

El cavaller va sentir accelerar-se-li els batecs del cor.

–Selina? Ets tu?

Ella va somriure.

–Sí, Alcuin! No és increïble? Ara puc controlar el meu poder. Ara sé com usar-lo! Aquesta és la veritable màgia de l'Espasa de Cristall –va dir radiant l'Elfa de la Nit–. Si qui empunya l'espasa té un cor pur es converteix en un instrument que dóna la vida. No serveix per ferir, matar o lluitar, sinó per portar la veritat, la justícia i la pau allà on només hi ha tenebra!

El ressò de les seves paraules encara no s'havia apagat que la llum es va afeblir i tot al seu voltant va tornar a la normalitat.

També Selina va tornar a ser la de sempre, però hi havia alguna cosa en la seva mirada que la feia semblar mil cops més segura de si mateixa.

Argo estava estès als seus peus, i la mirava furiós però impotent. La derrota li cremava com un foc negre a les venes.

Amb un gest de la mà, Selina va moure l'Espasa de

Cristall i feixos de llum similars a fènixs daurats van llampegar per tots els racons de la Fossa. Van pujar pels graons subterranis, van recórrer passadissos, fregant els sostres de pedra fins a arribar a la Fortalesa de la Lluna.

Allà, Alena, Zordan i els altres Elfs de la Nit encara lluitaven contra els Obscurs de la Terra, però quan van veure aquelles magnífiques criatures fetes de llum es van quedar bocabadats. Al cap d'un moment, dels terribles monstres d'argila i roca no en quedava més que munts de pols.

Aleshores Selina va dirigir l'espasa cap a Ullsdor i el collar del drac blau va esclatar en mil bocins que van caure a terra amb un so metàl·lic.

–Ets lliure! –va dir.

Alcuin va observar meravellat com els ulls del seu amic drac recobraven el seu magnífic color groc ambrat, i només aleshores es va adonar que unes llàgrimes ben grosses li baixaven per les galtes plenes d'esgarrapades i pols.

–Ullsdor!

El drac blau, atordit, va mirar el cavaller gairebé com si no el veiés, però al cap d'un moment, com si sorgís d'una espessa boira, la seva mirada es va il·luminar: el va reconèixer i amb un xiulet de felicitat va abaixar el morro i va picar contra l'espatlla de l'elf, buscant la seva cara.

–Ei, ei! Fluixet, vell amic! –va riure Alcuin, abraçant el seu coll flexible–. No et pots arribar a imaginar com t'he trobat a faltar!

–Per fi s'ha acabat, Alcuin –va murmurar Selina, acostant-se-li–. I això és gràcies a tu. Sense la teva ajuda no hauria pogut recuperar mai l'espasa.

–Ho hem aconseguit plegats –va somriure-li el cavaller.

Estava a punt d'agafar-li la mà quan un crit els va sorprendre. Argo havia aparegut darrere de Selina, estrenyent un llarg punyal corb amb la fulla negra.

–Ningú no s'havia atrevit a tant! –va exclamar el Comandant–. Mor!

Va abaixar el punyal just en el mateix moment que Alcuin aixecava Mistral. El Sabre del Destí va volar i va interceptar l'arma negra, i quan les dues armes van topar van saltar espurnes vermelloses.

–Ara prou! –va cridar l'elf–. Pagaràs car el que has fet!

Argo, amb els ulls injectats de sang, va replicar:

–Seràs tu qui pagaràs aquesta ofensa, pobre desgraciat! I molt abans del que et penses!

–El que dius només són paraules! Lluita, covard! Demostra'm què saps fer!

Però Argo, estranyament, va retrocedir. Va mirar Selina amb una expressió plena d'odi, i després va mirar l'Espasa de Cristall, però sobretot l'Anell de Llum.

De cop i volta, una explosió va aixecar un núvol de pols i fang. L'estrèpit va ser molt fort. Alcuin i Selina van caure enrere.

D'una enorme obertura darrere d'Argo havia sorgit l'Obscur més gegantí que haguessin vist mai. Era el doble d'alt que els altres i al cap tenia cinc llargues banyes brillants que semblaven una corona.

–Anem-nos d'aquí, fidel Rei dels Obscurs! –va ordenar Argo–. Ja trobarem una altra oportunitat perquè la paguin! I serà ben aviat!

–Atura't, mala bèstia! –va cridar Alcuin. Va intentar aixecar-se per aturar-lo, però ja era massa tard.

El Rei dels Obscurs es va deixar caure pel cràter per on havia sortit, seguit d'Argo.

Quan Alcuin es va abocar a l'enorme precipici negre no hi havia rastre d'ells.

Havien desaparegut, qui sap on.

25

La Reina de les Aranyes

Després de la desaparició d'Argo dins les entranyes de la Ciutat Subterrània, Alcuin i Selina van comprendre que s'havia acabat. Si més no de moment. Anys de patiments i injustícies que havien esclavitzat un poble sencer esdevindrien tan sols un mal record.

Els dos elfs es van mirar als ulls, llegint-hi milers de paraules no dites, milers de frases murmurades i milers de sentiments encara no aflorats. En aquella aventura s'havien fet costat l'un a l'altre, s'havien ajudat, animat, fins i tot enfrontat de vegades: però sempre buscant el Bé. Havien decidit conjuntament que era el moment de fer alguna cosa per canviar el destí d'aquell reialme sotmès des de feia massa temps al Mal i a la foscor. I se n'havien sortit! Ara, n'estaven segurs, tot canviaria cap a millor.

Des de la Fortalesa de la Lluna arribaven crits d'excitació i de festa.

Alena i Zordan van ser els primers que van aparèixer sota el gran arc de pedra que portava a la Fossa i es van llançar cap a Alcuin. Zordan estava evidentment emocionat, però va intentar no fer-ho visible exhibint el seu habitual aire de dur. Alena, en canvi, estava radiant i grans llàgrimes de felicitat li queien per les galtes mentre abraçava primer Alcuin i després Ullsdor. Selina s'havia quedat una mica a part, però Alcuin la va cridar:

–On vas? –li va preguntar rient.

Ella es va posar vermella.

–Bé, jo...

–Ho has de celebrar amb nosaltres! –va insistir ell, abraçant-la.

Alcuin estava convençut que Selina seria una gran reina per al Reialme de la Nit Eterna. Encara més: l'Elfa de la Nit tenia poders extraordinaris, i Alcuin estava segur que, si en parlava amb Espurna, la maga la sabria aconsellar per refinar els seus dots.

–Em sembla increïble –va dir Selina, mirant al seu voltant–. Han passat divuit anys des que el meu reialme va ser usurpat, i ara... ara no em sembla real, ser aquí amb vosaltres i celebrant la llibertat! Tot això és magnífic!

–Creu-t'ho, Selina, perquè és ben cert! –va exclamar Alcuin, tan radiant com ella–. Ho has aconseguit! Has fet realitat el somni de la teva mare. Li has fet justícia i has derrotat els qui havien sembrat el terror entre els Elfs de la Nit!

–T'ho he d'agrair a tu, Alcuin. Van ser la teva valentia i determinació les que em van retornar el coratge que havia perdut! Veure't volar amb el teu drac blau –va dir Selina, acariciant Ullsdor– va ser l'emoció més forta que podia tenir. En aquell instant vaig saber que havia arribat el moment de salvar el meu poble i el Reialme de la Nit Eterna!

Com si la puresa d'aquelles paraules l'haguessin despertat, l'Espasa de Cristall al costat de Selina va emetre una resplendor daurada.

Alena i Zordan es van intercanviar una mirada plena de complicitat: ara tenien una nova aliada amb qui comptar.

En aquell mateix instant, en les profunditats de la terra, Argo creuava l'entrada d'una estança de pedra negra on hi havia gravats antics símbols.

Amb uns quants passos segurs, el Comandant va travessar l'habitació i es va acostar al que semblava l'enorme marc d'un mirall. Era rodó, completament esculpit: recordava una teranyina entrellaçada a les branques d'un arbre pelat.

Però allò no era un mirall: era un dels antics Portals que comunicaven entre si els nombrosos reialmes del vast Regne de la Fantasia.

Argo va titubejar un breu moment davant d'aquell passatge màgic. Estava molt tens: les coses no havien anat bé, al contrari, havien sortit completament del revés! Havia fracassat. Havia perdut el seu tron. Havia perdut l'Espasa de Cristall però, encara pitjor, *ella* encara no sabia res de tot això!

–La Reina de les Aranyes no estarà gens contenta... –va murmurar rondinant, passant-se una mà pel front emperlat d'una suor freda.

Quan s'havien conegut per primera vegada, feia molts anys, ella havia estat molt clara: *...et pots quedar l'Espasa de Cristall, a mi no em cal, per tu la faré encara més poderosa. Jo vull l'Anell de Llum. Quan el recuperis, Comandant, me l'hauràs de portar immediatament!*

Argo no desitjava altra cosa, i ella l'havia ajudat donant-li poder sobre els Obscurs de la Terra, creant els carros-presó i les cadenes embruixades, i criant les Mantícores. Però Argo ho havia perdut tot. I ara tenia por. Només podia esperar que la Reina de les Aranyes fos clement. Amb ella no s'hi podia jugar.

Va passar el Portal que el conduiria a un altre reialme, molt lluny del de la Nit Eterna.

Va trobar-se en una estança amb el terra vermell com foc líquid. Sobre seu penjaven enormes teranyines platejades que es gronxaven com cortinatges moguts pel vent. Milions de petits ulls negres l'escrutaven des d'allà dalt. Aquells eren els seus servidors.

A pas lleuger, Argo va enfilar passadissos, escales, estances, fins que va arribar davant d'una porta de metall violaci. Va trucar dues vegades i la porta es va obrir sola.

El Comandant va intentar fer el cor fort: va entrar i es va agenollar, amb la mirada a terra. Ella odiava que la miressin directament! Per això duia sempre una màscara que li amagava la cara.

–Noble senyora meva, Reina de les Aranyes, m'inclino davant vostre –va murmurar Argo.

–Me l'has portat? –va preguntar la reina en to gèlid–. Dus l'Anell de Llum?

–Excel·lència, hi ha hagut un contratemps... –va balbucejar Argo.

–*Contratemps?!* –La veu de la Reina de les Aranyes ara ja era tallant.

–Majestat, estic desolat... però alguns Cavallers de la Rosa de Plata han interferit en els nostres plans –es va afanyar a explicar–. En qualsevol cas, Majestat, no us heu d'amoïnar, jo... jo trobaré la manera de dur-vos l'Anell de Llum. Ja he ordit un altre pla...

Però Argo no va poder

acabar mai aquella frase. Al seu voltant s'havien anat esmunyint, en silenci, milions de petites aranyes vermelles i negres que el miraven amb odi.

La Reina de les Aranyes no estava gens contenta del seu servidor.

–Tu ja no faràs res més. M'has decebut, Argo! No has estat capaç de complir allò que t'havia encomanat i ara ja és massa tard per posar-hi remei.

–Però noble senyora... jo...

–Les teves excuses no em serveixen –va dir amb veu aguda–. M'he endut una gran decepció, Comandant, i ara hauré de pensar un nou pla. Però una cosa és certa, els Cavallers de la Rosa de Plata me la pagaran cara, per haver-s'hi ficat pel mig!

Mentre Ullsdor tornava a recuperar la llibertat i sortia volant del cràter del volcà, Alcuin, Selina, Alena i Zordan van pujar a la Fortalesa de la Lluna.

La llum de l'Espasa de Cristall els acompanyava: els Elfs de la Nit s'inclinaven al seu pas, amb crits de victòria i llançant pètals de Flors de Lluna per celebrar el seu triomf!

A fora, el cel era un cúmul de núvols grisos... però també això estava a punt de canviar. Selina sentia créixer dintre seu el poder de la Llum. Volia empunyar l'Espasa de Cristall i dissipar les tenebres al Reialme de la Nit Eterna després de divuit llargs anys. Però primer havia de dur a terme una cosa encara més important.

Alcuin havia lluitat per ella com ningú ho havia fet abans, i l'elfa volia tornar-li aquell favor.

Els ulls negres de l'elf buscaven *algú* en la multitud d'Elfs de la Nit. Buscaven un rostre que només havien vist una vegada, en un dibuix. Selina també buscava el mateix rostre amable: els ulls d'una cara amiga que feia més de dos anys que no veia. I intuïa on els podia trobar.

–Hi ha una cosa que hem de fer, Alcuin –li va murmurar Selina en una orella.

Ell ho va entendre a la primera.

–Tu saps on és la meva mare?

Selina va fer que sí amb el cap.

–Crec que sí.

La porta de la cel·la era de fusta sense polir. Es trobava a la Ciutat Subterrània, al final d'una galeria baixa i bruta, plena de runa, estris rovellats i velles andròmines oblidades.

Alcuin la va obrir lentament, esgarrapant el silenci amb un grinyol desagradable.

Selina no va entrar amb ell: es va aturar a fora l'entrada, amb un somriure d'ànims als llavis. Sabia que per a Alcuin aquell era el moment més important de la seva vida i que havia de ser només seu.

L'elf la va mirar amb agraïment i li va murmurar un «gràcies» a flor de llavis.

Aleshores va avançar, dubitatiu, en la foscor de la cel·la. L'única llum provenia de la porta oberta darrere seu.

A terra va veure la palla vella que feia olor de florit, cadenes a les parets, una gibrella plena d'aigua, pols i teranyines. El jove cavaller va sentir un nus a la gola. Era aquell, doncs, el lloc que tant havia buscat?

Tot d'una alguna cosa es va moure a l'ombra, davant seu. Alcuin es va quedar immòbil. Una silueta va avançar des de la foscor cap a la llum...

...i finalment la va veure!

Dos grans ulls negres el miraven amb por, entre manyocs de cabells despentinats que emmarcaven una cara molt pàl·lida. La nimfa tenia les mans llargues i blanques i les pestanyes delicades com pètals. Duia un vestit que en altres temps devia haver estat molt bonic, però que ara estava esparracat i esfilagarsat.

Semblava espantada per l'arribada d'Alcuin.

Fins que el va mirar als ulls. Uns ulls negres idèntics als seus.

–Alcuin? –el va cridar.

Era la veu més melodiosa que l'elf hagués sentit mai a la seva vida. Era música! La veu de la seva mare pronunciant el seu nom!

–Alcuin... –va repetir ella, titubejant–. Ets... ets tu? No estic somiant? No m'ho puc creure! No pot ser veritat! Fill meu, ets tu?

Mistral es va llançar plorant entre els braços de l'elf, abraçant-lo com no ho havia pogut fer en tots aquells anys. L'última vegada que l'havia abraçat havia estat per dir-li adéu, abans d'entregar-lo a Petra. En aquella època era un nadó. Ara, en canvi, s'havia convertit en un home!

Mistral era tan menuda i fràgil que gairebé desapareixia entre els braços robustos i forts d'Alcuin. El cavaller sentia un nus a la gola que no sabia com desfer. Estava superat per l'emoció. Ell, que havia encarat amb valentia i fermesa les dures proves d'aquell llarg viatge, ara temia que el cor li esclatés al pit.

Darrere seu, Selina s'havia portat les mans als llavis i estava ofegant els sanglots, feliç com feia anys que no se sentia. Mistral era viva. La Nimfa de l'Aire que havia estat com una mare per a ella!

Alcuin es va quedar una bona estona callat, incapaç de dir res, estrenyent només la seva mare entre els braços i amb ganes que aquell moment durés per a tota l'eternitat. Era el moment que durant tants anys havia somiat i desitjat amb totes les seves forces.

Aleshores, de sobte, va sentir que les paraules li neixien al cor i li pujaven llavis amunt. Amb sorpresa va sentir la seva pròpia veu, emocionada i tremolosa, que trencava aquell llarg silenci.

–Ara que ets aquí amb mi –va dir–, no et tornaré a perdre mai més. Estarem junts per sempre, t'ho prometo.

Mistral el va mirar, alegre i emocionada.

–T'estimo, fill meu –va murmurar.

I, per primer cop a la seva vida, Alcuin es va sentir veritablement feliç.

Epíleg

Selina avançava lentament, entre centenars d'elfs alegres, seguida per una comitiva de guàrdies i dames. El Niu del Sol era ple a vessar. Hi era tothom, ningú no havia volgut faltar al dia de la coronació de la nova reina del Reialme de la Nit Eterna: els sobirans dels reialmes veïns, els nobles que temps enrere havien servit la reina Aura, i després Alcuin, Alena i Zordan, la vella i sàvia Petra, i fins i tot Namur, al costat de la seva estimada Mistral, retrobada feia poc.

La sala ressonava amb la música i l'alegre xivarri de les veus, però tots els ulls apuntaven cap a Selina, en especial els d'Alcuin.

L'Elfa de la Nit estava realment encisadora. Duia un delicat vestit de seda de Flors de Lluna que es difuminava en els colors de l'arc de Sant Martí. Al seu costat descansava l'Espasa de Cristall, símbol del seu poder i de la seva descendència: Selina era l'única i legítima hereva al tron, i ja havia demostrat estar a l'altura del seu deure.

Alcuin així ho reconeixia: Selina havia estat magnífica. S'havia enfrontat a totes les adversitats pel bé del seu poble, que ara li rendia homenatge amb mostres d'alegria! Sí, seria una reina extraordinària, n'estava segur.

Van haver de passar mesos abans que el reialme no recuperés la vitalitat: s'havien hagut d'alliberar els presoners, cridar els Elfs de la Nit que encara eren a l'exili, expulsar els últims Minotaures de la Foscor, curar els ferits, arreglar els carrers, reconstruir els pobles i també la Fortalesa de la Lluna, que finalment estava preparada per acollir la nova reina.

Selina es va acostar al tron de cristall a pas lent, gairebé com una dansa. Estava emocionada i el cor li bategava fort al pit. Milers de pensaments se li amuntegaven a la ment, però no aconseguia concentrar-se en cap, tanta era la felicitat.

Petra, la vella Elfa de la Terra, l'estava esperant a l'últim graó de l'escalinata que duia fins al tron. Portava un llarg vestit de lli blanc i un somriure radiant li travessava el rostre solcat d'arrugues. A la mà, amb orgull, sostenia una corona d'or brillant.

La mateixa corona que en altres temps havia dut també la reina Aura.

Quan va arribar a dalt de tot, Selina va fer una petita reverència, i tot seguit es va agenollar. Tot d'una, al Niu del Sol es va fer un silenci carregat d'emoció, i només aleshores Petra va parlar:

–Avui, amics meus, és un dia de festa! –va exclamar radiant–. Han passat divuit llargs anys des que la nostra estimada reina Aura ens va deixar, i no passa dia en què no pensi en ella i en el seu somriure. La trobo a faltar, com estic segur que també us passa a vosaltres. Però, en la seva infinita benevolència i saviesa, ens va deixar fent-nos un darrer regal,

el més important: la seva filla, Selina. I avui, com la seva Dama de Cort de més edat, tinc el gran honor de coronar-la reina del Regne de la Nit Eterna!

Un aplaudiment clamorós va esclatar a la sala mentre Petra posava la corona al cap de Selina. Els Elfs de la Nit s'abraçaven, vessant llàgrimes d'alegria.

Zordan i Alena miraven contents l'escena, mentre Alcuin va anar corrents a abraçar els seus pares.

Selina va observar commoguda aquella demostració d'afecte. En els seus ulls clars es van encendre petites flames de llum daurada.

El malson finalment s'havia acabat.

–El meu cor és amb tots vosaltres –va dir, confiant que la veu no li tremolés gaire–. És amb qui no es va rendir mai davant de la més negra foscor i va creure en mi. És amb qui ha lluitat amb honor i ha superat tots els desafiaments, sobretot la temptació de cedir a la desesperació i la resignació. Junts hem aconseguit afrontar el dolor i la por, i mantenir dins nostre l'esperança!

Els Elfs de la Nit es van inclinar amb respecte, mentre Selina sentia créixer al seu cor la força de la Llum. Quan va tornar a parlar, ho va fer amb una veu ferma i decidida.

–Gràcies, amics meus, perquè vosaltres heu fet possible tot això. Gràcies a Alcuin, que en el moment de més desolació va entrar a la meva vida com un raig de sol. Gràcies a Mistral, que ha estat com una segona mare per a mi, que va arriscar la seva vida per salvar la meva i que espero que voldrà continuar al meu costat com a Dama d'Honor, juntament amb l'estimada Petra. Gràcies a vosaltres, Cavallers de la Rosa de Plata, que sou els valents defensors de la pau a tot el Regne de la Fantasia. Mentre hi hagi persones com vosaltres, la Foscor no triomfarà mai!

Els aplaudiments es van fer sentir, fortíssims.

Alcuin va mirar la seva mare als ulls i va pensar que Selina tenia raó: encara calia afrontar molts reptes i un perillós enemic que treballava en l'ombra, però era veritat que la Llum triomfaria. Dins el seu cor s'havia esvaït també aquella melancolia que fins aleshores li havia impedit realment creure en ell mateix: ara que havia reconstruït els fragments del seu passat, podia mirar el futur amb més confiança.

–I ara –va continuar la nova reina–, ha arribat el moment que la Llum torni a brillar no només en els nostres cors sinó també sobre el nostre estimat reialme.

En dir això, va treure de la funda l'Espasa de Cristall i la va alçar enlaire: una resplendor enlluernadora va envair el Niu del Sol, el tron va començar a girar sobre eixos amagats i es va aixecar de terra, mentre el sostre s'obria com un capoll d'una immensa flor de cristall.

Allà dalt, sobre les Muntanyes sense Temps, el cel estava cobert de densos núvols grisos.

Alcuin va mirar Selina, envoltada d'una llum cada cop més encegadora, i per un moment els seus ulls es van trobar. Els dos joves van somriure's com si custodiessin un secret important.

En aquell moment, l'Anell de Llum encastat a l'empunyadura de l'Espasa de Cristall va brillar i un feix de llum es va elevar cap al cel, esquinçant el vel de núvols, que a poc a poc es van dissoldre com vapor.

Una llum càlida i amable, plena de delicadesa, ho va embolcallar tot.

El Reialme de la Nit Eterna s'havia alliberat finalment de la foscor.

No hi ha Nit tan llarga
que no deixi lloc al Matí.
I no hi ha Foscor tan impenetrable
que una Llum amable no sigui capaç d'il·luminar.
Només cal un somriure per foragitar la Foscor:
és més extraordinari que qualsevol altra màgia
i més poderós que qualsevol bruixeria.
Un cop més, Valor i Esperança
han dissipat les tenebres
del terror i la resignació.
I si a l'horitzó també s'espesseeixen les ombres,
denses i confuses com una enrevessada teranyina,
creieu ara en el que us dic:
també allà la Llum portarà tard o d'hora
el seu raig benefactor.
Un dia, el Mal serà expulsat per sempre
del Regne de la Fantasia: fins aleshores,
mantingueu viva l'esperança als vostres cors,
tal com ja viu en l'esperit pur i generós
dels seus més indòmits defensors:
els Cavallers de la Rosa de Plata.

Mag Fàbulus, *Cavallers del Regne de la Fantasia*,
conclusió del Llibre Segon.

Índex

Tercera part – El poder de la Llum

Cròniques del Regne de la Fantasia

Hi va haver un temps llunyà en què
el Regne de la Fantasia estava habitat per molts pobles
que vivien en pau i harmonia.
Per mantenir viva l'amistat entre totes les gents, les fades
van col·locar a cada reialme un Portal,
un passatge per transportar els habitants
per les immenses terres del Regne.
Però les bruixes van intentar aprofitar-se'n,
ordint plans en la foscor.
Ningú no es va adonar del que estava passant,
fins que va ser massa tard i nombrosos reialmes,
entre ells el dels elfs dels Boscos,
van ser sotmesos al Poder Fosc.
Va ser així com va començar la història
del Regne Perdut.
Els elfs dels Boscos, mentre sucumbien
al jou de la Reina Negra,
van aconseguir que Audaç, l'elegit, s'escapés.
Audaç només era un nen
quan va arribar al Regne dels elfs Estelats,
on va ser acollit per l'astrònom Eridà
i els seus fills, Règulus i Spica.
En el seu quinzè aniversari,
l'any de l'Estrella Refulgent,
va descobrir el misteri que envoltava el Portal
i el reialme del qual provenia.
I va decidir sortir a buscar el seu destí...

1. EL REGNE PERDUT

A l'antiga profecia hi ha escrit: «L'arc, l'oca, el drac i l'espasa venceran un dia la fosca bandada». Aquest dia ha arribat. Ombrívol, un jove elf, és l'escollit per reconquistar el Regne Perdut i retornar la pau al Regne de la Fantasia.

2. LA PORTA ENCANTADA

Ombrívol, acompanyat dels seus amics Règulus, Spica i Robínia i del mag Estellàrius, afronta els gels de les escarpades Muntanyes Cisell per ajudar el poble dels gnoms a alliberar les seves terres.

3. EL BOSC QUE PARLA

El viatge d'Ombrívol encara és llarg i ple de perills: per derrotar la Reina Negra i salvar el Regne de la Fantasia, haurà de travessar el Bosc que Parla i descobrir el misteri que s'hi amaga...

4. L'ANELL DE LLUM
La missió d'Ombrívol està a punt d'arribar a la fi. Un difícil repte l'espera al Reialme de les Bruixes, on, amb els seus amics, haurà de lluitar contra la Reina Negra i també contra les seves pròpies pors.

5. L'ILLA PETRIFICADA
La Reina de les Bruixes ha estat derrotada i el Regne de la Fantasia s'ha salvat. Però una altra missió espera al jove Ombrívol. Al centre d'un vast oceà, l'antiga Illa dels Cavallers roman petrificada, amb tots els seus habitants. El jove elf haurà de trencar el sortilegi i restaurar el noble orde dels Cavallers de la Rosa.

6. EL SECRET DELS CAVALLERS
Ombrívol i Spica han de trobar l'últim fragment de l'Escut de Pedra per poder alliberar l'Illa del terrible encanteri de Stria. Però per aconseguir-ho hauran de trobar una petita illa oculta, on toparan amb l'últim exemplar de drac blau...

Cròniques del Regne de la Fantasia

Una nova amenaça plana sobre el Regne de la Fantasia: els Cavallers de la Rosa de Plata han de partir cap a terres llunyanes i afrontar nous i misteriosos perills.

7. EL LABERINT DELS SOMNIS

Des de temps antics, una petita illa vaga pels mars del Regne de la Fantasia: l'antic poble dels Somiadors, capaç de fer realitat els propis somnis, es troba atrapat en un son secular. Però el Mal mai no dorm i ara alguna cosa s'està despertant...

8. L'ESPASA DEL DESTÍ

El jove Alcuin, Cavaller de la Rosa de Plata, ha d'afrontar la missió més important de la seva vida: trobar la seva mare, desapareguda després del seu naixement. Haurà d'anar al Regne de la Nit Eterna i descobrir el secret que s'hi amaga. Però no ho farà tot sol: l'ajudarà una jove i coratjosa elfa.

Tea Stilton

Princeses del Regne de la Fantasia

Fa molts i molts anys hi havia el Gran Regne,
un inmens territori als confins del Regne de la Fantasia.
El regne estava governat per un mag malvat,
fins que un cavaller valerós el va vèncer. Hi va prohibir
tota mena de màgia i va dividir el regne en cinc parts
que va confiar a les seves filles:
les Princeses del Regne de la Fantasia.

1. LA PRINCESA DELS GELS
A Nives, la Princesa dels Gels, li ha arribat l'hora de casar-se. Però un halo de misteri envolta el príncep que ha demanat la seva mà. Al seu fi del llop blanc, Gunnar, li tocarà frustrar l'amenaça que posa en perill la cort.

2. LA PRINCESA DELS CORALLS
A Flordoblit, la princesa Kalea hi conserva una estrofa de la Cançó de la Son: uns versos que uneixen el seu destí al de les altres princeses del Regne de la Fantasia. Després de l'arribada a la cort del misteriós Kaliq, l'estrofa desapareix, cosa que posa en perill el Regne dels Coralls.

3. LA PRINCESA DEL DESERT

A Rocadocre, la capital del Regne del Desert, tot està preparat per al Mercat de les Sorres, l'esdeveniment més esperat de l'any. Amb les caravanes de mercaders, també arriba a la ciutat un jove misteriós...

4. LA PRINCESA DELS BOSCOS

Al Regne dels Boscos, la princesa Iara rep una visita inesperada: Samah i Kalea s'hi presenten per avisar-la que corre un perill greu. Ha arribat l'hora d'unir les forces per enfrontar-se juntes al Príncep sense Nom!

5. LA PRINCESA DE LA FOSCOR

El Regne de la Foscor corre perill: han robat l'última estrofa de la Cançó de la Son per poder desvetllar la cort del Vell Rei. La Princesa Diamant no es pot creure que el lladre sigui el jove que no pot oblidar, però...

PROVA DE COMPRA
ESTRELLA POLAR
CRÒNIQUES DEL REGNE
DE LA FANTASIA
Núm. 8

REGNE DE LA NIT ETERNA
ABISME DE LA
POSTA DE SOL
LLACBLANC
BOSC DE LA
FOSCOR
RIU
CRONO
RUÏNES
DE NOX